GANGA

Crois-tu, par ailleurs
Que l'on puisse faire un rêve
Ne pas s'en souvenir,
Et avoir, par ce rêve, sa vie changée ?

Pier Paolo Pasolini

Un crâne humain. Un amas d'os. Les longues rainures de feuilles de bananiers. Une forêt. Mais pas une forêt d'ici, trop exubérante et humide, trop dense. Mes pieds maladroits trébuchent. À mes tempes, la sueur. Ma jambe me brûle. Ma tête s'embrase. Des orteils aux oreilles, mon corps semble se disloquer. Au loin, un oiseau s'égosille. Un fémur. Un tibia. Une main entièrement décharnée. Des os… des centaines d'os amoncelés. De hideux lambeaux de corps humains sacrifiés. Mes sandales de plastique s'enfoncent… une mixture sombre et gluante, presque rouge, de sable et de glaise. Comme si la terre avait fraîchement été retournée. Ça et là, quelques rares pans de tissus colorés et, au fond de la fosse commune de fortune, un squelette de taille réduite, presque entier, un petit corps miteux, à peine mieux conservé. Des fleurs de bougainvilliers, de frangipaniers, d'hibiscus. Un parfum de sous-bois après le déluge d'une pluie tropicale. Les images s'enchaînent, de funestes clichés mis bout à bout en accéléré. Flash-back mortels de vies passées. Arrêts sur image sinistres dans un décor de documentaire. Au loin, un tambour marque le tempo. Le rythme s'accélère, la douleur en moi croît, un poids dans la poitrine m'oppresse. Ça cogne dans ma tête. De plus en plus fort. De plus en plus fort. Un autre crâne humain, plus petit que le précédent. Un bébé peut-être. Et encore du vert, du vert, du vert à perte de vue. Végétation luxuriante, sauvage. Macabre mise en scène, tragédie grecque version Koh Lanta. Où suis-je bon sang ? Derrière moi, une branche craque. Quelqu'un vient.

Chapitre 1

Voyez plus grand, abolissez les frontières. Écrit en lettres cursives et colorées, comme s'il cherchait à s'envoler, le slogan jouait entre les monuments. Sur l'enveloppe, s'affichaient pêle-mêle les marbres étincelants du Taj Mahal, l'improbable Christ rédempteur, l'infranchissable Grande Muraille et les pompons chamarrés du Kremlin. En bas à droite, estampillé par une main experte, le cachet-de-la-poste-faisant-foi tenant lieu de logo à l'agence MYBB jouait les sceaux ardents. Placées au cœur de l'emblème tamponné, les quatre majuscules se retrouvaient entourées de deux traductions : Make Your Business Bigger ou My Beautiful Business, selon que l'on cherchait à se développer ou à se rassurer.

Départ imminent. Sept minutes. Le chauffeur serait ponctuel. Il attendrait dans la rue, devant l'entrée du pavillon. Il patienterait jusqu'à ce que sonne l'heure convenue. Pas une minute de moins, pas une minute de plus. Alors seulement, il appellerait son client pour lui indiquer qu'ils pourraient partir dès que monsieur serait prêt. Ils prendraient la quatre-voies, laisseraient les vallons dérouler leurs rondeurs. Ils rejoindraient Blagnac, se salueraient poliment et Marc Delvingt s'en irait à la rencontre de son destin.

Depuis que le décompte avait été lancé, cauchemars et questions s'accumulaient. Devait-il partir ? Comment Jacques s'en sortirait-il pendant son absence ? Était-ce sérieux d'envisager ce voyage quand son plus gros client menaçait de rompre son contrat ? Qu'adviendrait-il de l'entreprise si la zone euro s'effondrait ? Et… cette soudaine fébrilité, ces tremblements, cette nausée… n'intervenaient-ils pas comme les symptômes annonciateurs d'une infection ? Une série d'examens s'imposaient. On trouverait bien à le caser dans un autre groupe. Du revers de sa chemise immaculée, l'entrepreneur épongea son front trempé. Ses mains étaient moites, tremblantes. Les tempes grisonnantes, les traits marqués par le demi-siècle assumé et les soucis économiques qu'il fallait en permanence régler, il gardait le port altier et les épaules larges. Homme d'affaires aguerri, régulièrement sollicité par les médias pour parler de prise de risque ou d'entrepreneuriat, là, en tête-à-tête avec l'image que lui renvoyait la glace, il sentait son rythme cardiaque devenir irrégulier. Loin de sa posture publique, des attentes de ses salariés, des ronds de jambe aux partenaires ou aux clients, il ferma les yeux. Dans l'intimité de cet instant, il s'avoua à voix basse « J'le sens pas… Putain, j'sais pas quoi, mais y a un truc qui pue… » Marc Delvingt avait peur. Mais ça, comme son père, il n'était pas capable de le dire. Les quatre lettres n'entraient pas dans leur vocabulaire. Un Delvingt n'avait jamais peur.

Dans la poche intérieure de sa veste, les vibrations, régulières et macabres, résonnèrent en lui tels les battements sourds d'un glas. Au dehors, le chauffeur de la navette aéroport attendait. Le timing était respecté. Et personne ne serait là pour l'accompagner. De la main gauche, il attrapa l'enveloppe aux couleurs de MYBB, agence de voyages pour entrepreneurs en manque de marchés, émergents de préférence, qui contenait son billet d'avion et son passeport. Sur la couverture du passeport, un post-it « Trop de patients et d'urgences aujourd'hui. Désolée. J'espère que ce petit clin d'œil à tes amours de jeunesse te plaira. Amuse-toi bien. Eva. » Elle ne le suivrait pas à l'aéroport mais ça, il le savait déjà. En d'autres circonstances, il aurait pu croire à un surcroît d'activités au cabinet : des caries, des couronnes, des plombages à refaire en avalanches. L'excuse aurait été plausible en d'autres circonstances, mais pas après ce qu'ils avaient traversé. Pas si son dernier voyage n'avait été le voyage de trop. Sous l'enveloppe, il découvrit un petit paquet cadeau. Il glissa les documents dans la poche intérieure de sa veste et le présent dans sa sacoche d'ordinateur, respira profondément et se répéta ce que son père lui avait dit, quinze ans plus tôt, à la veille de ses premiers vrais congés d'été « ce n'est pas en quinze jours que l'entreprise bâtie par quatre générations de Delvingt s'effondrera. Et puis, ta balade hein, ça ne durera pas tant que les impôts… ! Adishatz ! » Il pensa encore à l'accolade que Jacques

– directeur des opérations, bras droit et ami d'enfance – lui avait chaleureusement administrée la veille au soir en quittant les bureaux, ajoutant « va, ouvre-nous la voie, puisqu'il paraît que l'avenir est ailleurs…» Et puis… la gorge nouée, il avait conclu, « pense quand même un peu à nous ! »

Marc Delvingt, boucla sa ceinture. Trois jours le séparaient de l'Assemblée Générale annuelle qui avait scellé son destin. Trois jours et maintenant plus question de faire marche arrière. L'avenir et l'international l'appelaient.

– La crise comme le disent les Japonais, est un savant mélange d'opportunités et de menaces. Si notre marché s'essouffle, allons voir ailleurs ! Nous t'avons laissé le temps de nous faire d'autres propositions. Sans succès. Aujourd'hui, les chiffres et ta tête parlent d'eux-mêmes. La situation n'est plus tendue, elle est catastrophique.

La menace à peine voilée, un autre avait poursuivi :

– Tu dois te rendre à l'évidence Marco : ton analyse n'est pas la bonne. Il serait irraisonnable de camper sur tes positions en continuant d'aller à l'encontre de l'avis du Conseil. Si tu ne plies pas aujourd'hui et refuses de partir prospecter de nouveaux marchés, nous serons contraints de demander la mise sous tutelle de l'entreprise au président du tribunal de Commerce.

Les emprunts pour financer la trésorerie plombaient

le résultat. La banque avait supprimé l'autorisation de découvert, interdisant toute souplesse de trésorerie. Les établissements Delvingt se retrouvaient dans une voie sans issue dont ils ne sortiraient que si Marc s'envolait en quête de nouveaux marchés.
Pierre Delvingt, son père, accessoirement son prédécesseur à la tête de l'entreprise, toujours associé majoritaire et président d'honneur du Conseil d'Administration, illustrant immanquablement ses propos d'expressions ou de proverbes qu'il revoyait selon son humeur, avait complété :
– Écoute-moi bien mon p'tit gars, il ne sert à rien de montrer les dents quand on est aveugle. On ne tiendra pas le choc si tu ne te bouges pas l'arrière-train ! C'est pas fromage ou entrée, l'heure est venue de te retrousser les coudes. Tu fais ta valise et tu t'enfonces ça dans le crâne : dans ta pile aux priorités, dans ta *To do List*, comme tu dis, l'urgent passera après ton retour. C'est clair ?
Puis, plus pour lui-même qu'à l'attention de son fils :
– Les chiens font bien des chats, la preuve : j'étais un précurseur, tu n'arrives même pas à jouer les mauvais suiveurs. Selon ce que tu ramèneras, nous pourrons prendre les décisions qui s'imposent. À savoir : arrêter ou développer. C'est la dernière fois que je te le dis Marco, l'heure n'est pas à la demi-mesure. Dans ce monde, si tu pisses froid, t'es refroidi dans la minute. OK ?
Comme partout en France, depuis la fin des Trente

Glorieuses, aveuglé par l'instabilité législative et commerciale, le dirigeant d'entreprise tentait de piloter sa société. De leur côté, manipulés par la sinistrose et englués dans des considérations matérielles, les salariés cherchaient à conserver leurs emplois. Chômage persistant, réformes caduques, scandales politiques, effondrements des marchés financiers mondiaux... La période était morose. La solution ? Nombre de leurs concurrents la trouvèrent à l'international. Ils y développèrent leurs affaires, quand ils ne s'exilèrent pas carrément. Un à un, ils prirent d'assaut les marchés que les BRICS avaient fait émerger : Brésil, Russie, Inde, Chine et Afrique du Sud. Dans les colonnes de la presse locale, à Auch comme ailleurs, on racontait ces belles histoires de PME artisanales négociant des deals avantageux avec les nouvelles puissances mondiales. Contrats que lui, Marc Delvingt, emprisonné dans les usages commerciaux d'une époque révolue, n'envisageait même pas d'effleurer en rêves. Jusqu'à ce qu'actionnaires et salariés n'aient plus qu'« international » à la bouche.

Derrière les vitres de la berline qui le conduisait à Toulouse, Marc observait les ruelles quasi muettes de la ville qui l'avait vu naître et grandir. Il en connaissait chaque recoin, chaque visage. En ce troisième lundi de l'année, les commerces maintenaient leurs stores baissés, les enfants avaient repris l'école et seule, sur le pont surplombant le Gers, une mamie, penchée au-dessus de la balustrade, jetait des miettes de pain aux oiseaux. Pas de surprise, peu de couleurs, encore moins de vie, Auch ressemblait à nombre de chefs-lieux de province : un gros village repu de réveillons arrosés, encore endormi et que les beaux jours ranimeraient avec les festivals et les touristes.

Cette petite ville et la vie convenue qu'il y menait, Marc Delvingt avait pourtant tenté de les fuir. Depuis, elles l'avaient rattrapé pour le renvoyer aujourd'hui vers son rêve interrompu.

Chapitre 2

À peine la porte à battants de l'aéroport franchie, Marc Delvingt aperçut, à quelques mètres des comptoirs de l'enregistrement, un groupe de quatre personnes. Au centre, une longue tresse ébène suivait l'ondulation d'une croupe arrondie. À ses côtés, trois costumes sombres supportaient têtes grisonnantes et minces branches de lunettes correctrices. Quand la délicate cambrure se retourna, il lut d'abord son nom sur la pancarte. Marc Delvingt s'approcha du groupe. Quand il put plonger ses yeux dans ceux de la jeune femme, ce fut un choc immédiat. Silence. Brouillard. Ralenti. Pendant un quart de seconde, le monde s'arrêta de tourner, de grincer, de se mouvoir. Des traits parfaits, deux yeux en amande et une peau couleur ganache au chocolat au lait. La ressemblance était frappante. Intensément, ils se fixèrent. Aussi brusquement, le brouhaha reprit, et avec lui, la cohue des familles et des voyageurs pressés. Il passa la main dans sa tignasse épaisse. Il fallait se ressaisir, chasser l'image de ce passé ressuscité, il avait rêvé. Ce ne pouvait être elle. Définitivement, ce n'était pas possible.

« Je suis Surya Patel », articula-t-elle, laissant apparaître deux belles rangées de dents blanches bien plantées. Ces sept syllabes mirent un terme au débat intérieur qu'il se livrait. Ce qu'elle ajouta sur son rôle d'accompagnatrice, Marc n'y comprit rien car ce qu'elle était censée faire importait moins que ce qu'elle aurait pu être. 15 h 14. Les écrans d'affichages indiquaient que l'embarquement commencerait dans quinze minutes.

Les entrepreneurs observèrent impuissants leurs valises englouties vers les soutes de l'appareil. Ils longèrent un interminable couloir au bout duquel la guide sourit au gardien en uniforme et présenta les passeports. Dans le tourbillon des procédures de sécurité, Marc Delvingt scruta ses compagnons de voyage. Ils étaient ensemble, réunis par un même objectif, pourtant chacun demeurait accaparé par sa solitude. Comme dans leurs entreprises respectives ; une équipe mais un seul patron. Ici, une équipe de patrons esseulés et aux yeux cernés. L'hypothèse de ce voyage n'éveillait en eux aucune joie. Tout à leurs pensées, aucun ne lui adressa la parole. De leur rencontre à Toulouse, en passant par l'escale parisienne, chacun demeura enfermé dans son mutisme. Une fois le Boeing 787 stabilisé, l'hôtesse vint leur proposer un rafraîchissement. Son voisin commanda un whisky sec. D'un air goguenard, il se tourna vers Marc, l'invitant à l'imiter d'un « quitte à partir, tentons de prendre un peu de bon temps avant le Tiers Monde. » Enfin, ils firent les présentations.

Christian Grandjean dirigeait une entreprise de fabrication de montures de lunettes en Ariège, en banlieue de Foix. Il avait bien tenté de parier sur le *made in France* mais les ventes dégringolaient à vue d'œil. Chez les Grandjean, on recevait une action de l'entreprise à la naissance. Autant dire que les repas de famille avaient tout de conseils d'administration. À Noël, à Pâques, pendant les vacances d'été, à chaque réunion familiale, chacun y allait de ses recommandations et de ses critiques acerbes sur la PME ariégeoise et particulièrement sur celui qui tentait de contenter tout le monde – des actionnaires aux salariés en passant par les partenaires - sans y parvenir : Christian. Comme Marc, Christian avait plié devant le mot magique : international. Il avait reçu un ultimatum mais aucune solution. C'était son rôle de trouver une issue aux mauvaises projections financières – les autres convenant à l'unisson que s'il recevait un salaire – et pas eux – c'était bien pour ça. L'œil penaud, Christian ajouta « C'est ma secrétaire qui m'a encore tiré d'affaire. Elle n'est pas du genre à donner des crises d'urticaire aux femmes jalouses, voyez, elle aurait plutôt un physique de radio, mais elle est formidable. Cette vieille fille me sort toujours de situations impossibles. Par exemple, pas plus tard que la semaine dernière… » Marc écoutait, lointain, bercé par le parfum du curry des plateaux-repas qui approchaient dans les allées, encore sonné par le choc de sa rencontre avec Surya Patel. Il remercia intérieurement son voisin et sa logorrhée verbale qui enchaînait les anecdotes sur sa secrétaire et sur ses actionnaires. L'Ariégeois débitait à toute allure foule de détails sur sa vie, établissant l'historique de ses échecs professionnels et relationnels. Le patron de Delvingt SA écoutait distraitement son voisin disert. Le visage de cette femme lui tapait entre les tempes. Tel un tatouage sur la chair endormie de sa mémoire. Marc Delvingt ferma les yeux, bercé par le flux continu de la voix monotone à ses côtés.

Derrière moi, une branche craque. Quelqu'un vient. Je me retourne. Personne. Personne à qui me raccrocher. Personne pour me sauver. Mon corps est meurtri, sale, couvert d'éraflures. Mes membres pèsent. Ma bouche est pâteuse. Mon estomac m'échappe. Je voudrais fuir, rentrer. Ne plus avoir à soutenir l'image des corps décharnés dans cette fosse commune. Ça grouille d'insectes rongeurs, charognards de fin de chaîne alimentaire. J'appelle. Silence. On m'observe. On me suit. Je le sais, je le sens. Quelqu'un se cache, là, tapi dans l'obscurité. Le cri d'un oiseau déchire le manteau de la forêt. Les tambours se rapprochent. Le tintement d'une clochette en ponctue la marche. Un grondement de rires et de chants diffus les accompagne. Une procession. L'adrénaline me brûle les tempes, me glace les sangs. Je suis coton, ouateux, tremblant. Incapable de défaire mon regard de la scène macabre, incapable de comprendre, d'agir. Anesthésié. L'ombre me toise. L'ombre m'épie. L'ombre me scrute. Courir, fuir. Quelque chose me retient, là. Ici et maintenant. Une force obscure, féroce, supérieure. Incapable de me rappeler. Incapable de me projeter. Cloîtré dans le présent. Est-ce cela, mourir ? Percevoir la vie au moment où elle s'éteint ? Mes yeux s'embrument, je vacille, m'allonge entre les ossements. Je suis un corps sans vie, un objet sans âme. Un tronc, deux bras, deux jambes et, penchée sur le côté, la tempe appuyée sur un crâne humain, ma tête défigurée. Les orbites vidées. Une mare de sang coagulé, collant ma tignasse grisonnante. Une plaie béante, géante. Marc Delvingt, cadavre d'entre les cadavres. Je rassemble mes forces. Mes jambes sont de plomb. Je dois fuir. Impossible. Une petite main se glisse dans la mienne. Une enfant. Elle me retient.

Chapitre 3

Couloirs et longs tapis chamarrés, namasté respectueux, saris colorés et turbans. Marc Delvingt, encore groggy par le manque de sommeil, leva les yeux sur le panneau d'affichage *Welcome to India*, la preuve en anglais et en devanagari que le dirigeant venait d'atterrir dans la capitale de la plus grande démocratie du monde. En Inde, histoire et progrès, religions, spiritualité et business, pauvreté et richesse continuaient de se faire la guerre à coups de boulets rouges, fraternisant dans la haine. Le plus beau côtoyant sans cesse le plus laid. Contrôle de sécurité, douanes, passeports, tapis roulants, contrôles encore, passeports *again* et *duty free*. Dans le dédale des procédures, les sourires précis de Surya Patel, méticuleux et professionnels, chaleureux sans l'être, menaient au pas de course sa troupe d'entrepreneurs français résignés. Quand ils récupérèrent leurs valises, l'accompagnatrice à la voix de miel expliqua encore que l'*airport express*, genre de RER moderne reliant l'aéroport au centre de la capitale indienne, serait moins fatigant qu'un taxi pour rejoindre l'hôtel. À l'extérieur, sur le parvis en direction du train rapide, le ciel était gris, mais à 9 h 30 du matin la fournaise était déjà insupportable. Une chaleur sèche, asphyxiante. Devant Marc Delvingt, trois costumes sombres tirant de pareilles valises à roulettes laissaient apparaître des auréoles aux emmanchures. Christian l'Ariégeois peinait à suivre le groupe. De grosses gouttes de sueur perlaient sur son front. Sa démarche trahissant plus encore que sa bedaine l'état dramatique de sa condition physique, le visage aussi rouge que les saris des hôtesses de la compagnie aérienne qu'il quittait juste, c'était à se demander si son cœur allait tenir le coup. Dans le train express, la climatisation fut saluée d'un soupir de soulagement général. Mais immédiatement après émergèrent de nouvelles récriminations. L'un avait mal au dos, l'autre aurait tué pour un café et Christian rêvait d'une baignoire. Marc bâillait. Surya observait.

Derrière la vitre, l'Auscitain laissa son regard se perdre dans le lointain. Les images semblaient tirées d'un documentaire télévisé. Il lui manquait le chatouillement des parfums, la moiteur de la peau, les nuances sonores, l'odorat gustatif, ces odeurs que l'on ne capte que par les papilles. Le double vitrage assourdissant lui donnait l'impression d'être resté le nez collé à l'écran plasma de son salon. La HD en moins, le monde en plus. Pas le temps de plonger son regard dans celui de l'enfant qui jouait au cricket avec un caillou. Pas le temps de sentir le chagrin sur la peau de cette femme accroupie sur le bord du terrain vague à observer le train qui passe. Pas le temps d'écouter le râle de ce vieil homme allongé sur la paillasse devant le taudis de tôle et de boue qu'il habitait sans doute. Pas le temps de sentir le souffle chaud des narines de la vache famélique qui, au milieu de l'avenue, ne paraissait pas même gêner le trafic. Pas le temps de se laisser emporter par les parfums des œillets d'Inde orangés en colliers qu'un camelot vendait à la sauvette sur un trottoir explosé. On frôlait sans les voir les pauvres d'un pays, juste assez pour se rassurer sur la qualité des affaires qu'on ferait ici, pas suffisamment pour se sentir impliqué. Les bidonvilles des périphéries des mégapoles émergentes rassurent, ils confirment que le niveau de développement encore restreint et de corruption toujours galopante permettra au Vieux Monde de maintenir son rôle de prélat argenté à coups de dollars ou d'euros tout-puissants. Dans vingt-sept minutes, promettait la petite voix métallique dans les haut-parleurs, les parfums des draps seraient voluptueux, les sourires des hôtesses respectueux et le petit déjeuner continental – sans doute agrémenté de croissants frais – le luxe western pour ne pas trop penser à ce que l'on venait de traverser.

Lorsque les portières s'écartèrent, Surya leur indiqua qu'ils devraient prendre un *rickshaw* pour rejoindre l'hôtel. Les visages se décomposèrent. Moteurs, klaxons, millions de voix, le brouhaha les submergea, indescriptible et violent. Au milieu de cette marée humaine, les odeurs d'urine, de pneus brûlés et d'encens les firent presque chavirer. Bousculé par les mendiants, les femmes surchargées, les vendeurs ambulants, le groupe enjamba les corps endormis sur le sol de béton, évitant de peu les *rickshaws* en quête de clients. Immergés dans la foule, au pied de la grande gare de la capitale, les quatre entrepreneurs prirent malgré eux la mesure du défi qu'ils venaient de lancer à la vie. Éberlués par tant d'humains au mètre carré, par le bruit, par les sollicitations permanentes, ils transpiraient et s'essayaient à respecter la consigne. « L'essentiel, avait rappelé Surya avant de franchir la lourde porte en verre de la station, est de ne jamais se perdre des yeux. Ajoutant : Tenez-vous par le bras ou par la main si ça peut aider. Des hommes qui se tiennent par la main, le bras ou le petit doigt, ici ça ne choque pas. «*Welcome to India* ».

Dans la cohue, le plus âgé des quatre entrepreneurs fit tomber ses lunettes. Marc ignorait encore tout de ce sexagénaire maigrelet, trop grand pour ses vêtements, le pantalon lui remontant jusqu'aux chevilles, la chemise s'échappant de sa ceinture à chaque mouvement. L'homme crut qu'il n'arriverait jamais à ramasser la monture sous peine de mourir piétiné. Pourtant un petit garçon d'au plus cinq ou six ans, vêtu de lambeaux de tissus sales les lui tendit. De ses deux billes noires profondes, il lui sourit « *school pen please* ». Le garçonnet voulait un stylo pour l'école ! L'entrepreneur fouilla sa poche, n'y trouvant qu'une pièce de deux euros et un bonbon emballé. L'enfant s'empara du trésor, puis disparut à toute vitesse.

« Mémorisez bien le chemin car sinon vous n'allez jamais le retrouver. Si vous demandez votre route, on vous guidera forcément ailleurs. N'oubliez jamais qu'en Inde les gens manquent de tout et n'hésitent donc pas à inventer des histoires pour soutirer quelques roupies de plus aux touristes ». Ils hissèrent leurs valises dans deux *rickshaws*. Au rythme d'une circulation effrénée, à coups de klaxons et de freins, ils manquèrent tous de mourir par deux fois, qui dans la collision de deux camions, qui d'un arrêt cardiaque. Le luxe de l'établissement les réconcilia immédiatement avec le tiers-monde. Pour quelques dizaines d'euros, ils y jouiraient du confort d'un cinq-étoiles à l'européenne. Service, spa et piscine compris. L'Europa One Inn appartenait à la chaîne hôtelière du même nom et présentait tous les standards que Marc Delvingt connaissait des versions lyonnaise ou parisienne où il lui était arrivé de séjourner. Luxe standardisé et propagé aux quatre coins du monde pour riches hommes d'affaires à la recherche de la sérénité d'un monde connu, y compris quand ceux-ci s'apprêtaient à attaquer un marché aussi différent du leur. Une fois reposés et installés, Surya les convia dans la salle de séminaires de l'hôtel. Derrière elle, était projetée une carte de l'Inde, qu'elle pointait de son stylet lumineux, expliquant les spécificités de chacune des grandes villes ou de chaque région. Un pays sept fois grand comme la France, dont l'histoire remonte à plusieurs milliers d'années, mérite que l'on s'y arrête un peu. Elle leur remit quelques brochures éditées par Business France, bras armé du ministère des Affaires étrangères en matière de développement à l'export des entreprises françaises, sur la situation politique et économique de l'Inde, son rôle de co-moteur en Asie, les relations avec les entreprises européennes, américaines et chinoises. Le dossier proposait également une sélection de portraits d'entrepreneurs français venus tenter l'aventure au pays de Gandhi, tirés de la presse économique hexagonale. Le point dura une petite heure puis ils furent invités à profiter du buffet dans la salle de restaurant. Vers 19h00, la guide leur donna quartier libre. Ils regagnèrent leur chambre et chacun tenta de remettre en ordre ses pensées.

À peine Marc Delvingt eut-il éteint la lumière que l'image de la main de Surya dans la sienne, dans le mouvement confus des foules, une image ondulant comme les courbes d'une danseuse dans un palais de Maharaja sous ses paupières, le poussa à rallumer la lampe de chevet. Au dehors, le son d'un tambour semblait accompagner la marche de ses palpitations. C'était comme si le calme ne voulait jamais gagner la capitale indienne. Bien que filtré par de solides doubles vitrages, le bruit de la rue montait jusqu'à sa chambre. En quelques minutes, le battement diffus du tambour devint de plus en plus présent. Le martèlement s'accentua tellement qu'il n'arrivait plus à s'écouter penser. Impossible de refermer la bulle ; la rue y était entrée. Intrigué, il finit par se lever pour ouvrir la fenêtre. À l'extérieur, une foule dense et colorée, chantait, hurlait, riait, dansait. Sur un étalon paré d'ors et de pierreries, un homme enturbanné enlaçait un petit garçon aux yeux tristes. Un cortège de musiciens et un mur de lumières devançaient la chevauchée. Ils faisaient danser les hommes au rythme des tambours déchaînés. Plus bas, un groupe de femmes exhibant des billets de banque se déhanchait. En fin de cortège, d'autres saris à paillettes clôturaient la marche. Une jeune fille, la chevelure couverte d'un voile grenat, le visage couvert de bijoux d'ors et de pierres précieuses, leva son regard vers l'étranger accoudé à la fenêtre de sa chambre. Ses yeux semblaient vouloir dire « sauvez-moi ». Une vision d'un autre âge, d'un autre monde. La preuve par les sens qu'il se trouvait bien en Inde, dans un pays qui n'était pas le sien, sur une route qui ne pouvait plus être la sienne. Quand le cortège s'éloigna, un autre lui succéda. Pendant les deux heures qui suivirent, pas moins de cinq mariages furent célébrés sous ses fenêtres. Enfin, quand le calme s'imposa, Marc Delvingt, épuisé par le voyage et le décalage horaire, les yeux repus d'un spectacle inattendu, s'allongea à nouveau dans les draps soyeux du lit *king size*. La situation de l'entreprise en France et le choc de l'arrivée à Delhi mêlés aux réminiscences du passé qui, doucement, remontaient à la surface de sa conscience, l'épuisaient nerveusement.

Une petite main se glisse dans la mienne. Une enfant. Elle me retient.

Elle me sourit. De profondes pupilles noires illuminent son visage angélique. Le teint crémeux, les yeux en amandes, de longs cheveux ébène tombent disciplinés sur ses frêles épaules. Un généreux épi lui dégage le front. Elle porte une tunique en dentelles et un pagne chamarré. Elle sourit tendrement. Avec la finesse de ses deux petites lèvres jointes, elle ne laisse pas entrevoir ses dents. Pas un mot. Chez elle tout est pure délicatesse. Son regard joyeux, malgré les cadavres, malgré le charnier humain, malgré l'horreur funeste de la scène, reste serein, apaisant. Que fait-elle ici ? Qui est-elle ? Que me veut-elle ? Au contact de cette paume sur la mienne, mon cœur se calme. Comme une évidence. Comme si elle m'attendait. Comme si elle me connaissait. Me reconnaissait. Son poignet frêle me guide, m'enjoint de la suivre. Son énergie et sa douceur me rendent vie. Elle détourne le regard des ossements et, de son doigt, me montre le lointain. Entre les branchages, un coin de mer se détache dans le bleu du ciel. Au fond de la vallée, à la suite des longs pans des volcans où les rizières se pressent en terrassement, en direction de l'étendue immense azur, des toits de feuilles de palmier. Un village sans doute. Dans le mutisme pesant, le ronflement de la procession semble avoir disparu. Les oiseaux eux-mêmes se sont tus. Un silence de mort s'est abattu sur la clairière, comme si la forêt et les ossements à l'unisson retenaient leur souffle. Le visage de la fillette se fait grave. Le mouvement de son bras sur le mien plus pressant. Un danger approche. Vite, semblent murmurer ses yeux. Vite. Il faut partir. Vite, il faut fuir.

Au matin du deuxième jour, Surya les attendait dans la salle du petit déjeuner. La journée serait chargée, leur expliqua-t-elle, mais elle leur laissait jusqu'à dix heures pour répondre à leurs mails, profiter de la piscine, se détendre, avant qu'ils ne partent à la rencontre d'entrepeurs locaux. Elle les retrouverait à l'hôtel vers 17 heures car ils étaient conviés, le soir même, à un spectacle de danse traditionnelle chez le directeur de l'Alliance française de Delhi où toute la communauté s'était donné rendez-vous, y compris Monsieur l'Ambassadeur. Un raout mondain pour expatriés désœuvrés.

L'estomac rempli d'un petit déjeuner complet, Marc Delvingt s'attarda encore quelques minutes dans le patio fleuri où, sur l'écran brillant de sa tablette tactile, il lut la dernière alerte qu'il venait de recevoir. « Tremblement de terre en Indonésie : une française hospitalisée. L'archipel, régulièrement sujet aux mouvements de plaques tectoniques a encore tremblé cette nuit. À Bali, une secousse estimée à plus de 6 sur l'échelle de Richter a été ressentie. Les touristes français, nombreux sur l'île des Dieux, sont sous le choc. Une Gersoise en vacances a été hospitalisée en raison d'un « problème cardiaque » a précisé le médecin-chef de la clinique à Denpasar. Joint par téléphone, son époux a ajouté « qu'elle n'a jamais présenté de soucis de santé majeurs. » Selon lui, le traumatisme serait directement lié au séisme. Peu de dégâts matériels et aucune vie humaine ne sont à déplorer »

L'entrefilet surprit l'entrepreneur. Comme un autre clin d'œil du destin : une Gersoise à Bali. Un tremblement de terre à Bali... Bali... Comme l'île des Dieux lui semblait éloignée de sa vie actuelle. Comme elle lui manquait l'île où... non. Il ne devait plus y penser. Le chapitre était clos. Clos depuis douze ans. Pas le moment de rouvrir le tiroir. Trop tôt, ou trop tard. Mais pas le moment. Aujourd'hui, il était en Inde, pas à Bali. Il y était pour la Confiserie et pour ceux qui, restés à Auch, comptaient sur lui.

De retour dans sa confortable chambre d'hôtel, Marc saisit sa sacoche pour en sortir son PC portable. Il lui restait encore une bonne heure de répit. Il répondrait succinctement aux nombreux mails qui devaient déjà encombrer sa boîte de réception. Bien que prévenus de son absence, ses collaborateurs n'auraient pas résisté à la tentation de lui demander ses premières impressions. La curiosité les tenaillait et ses actionnaires attendaient impatiemment un premier mail rassurant quant au potentiel du marché qu'il était censé conquérir en héros. Soudainement il prit conscience qu'il n'avait pas ouvert sa boîte mail depuis l'avant-veille. Elle devait déborder.

En cherchant le câble d'alimentation au fond de la mallette, ses doigts rencontrèrent un objet qu'il avait complètement oublié. Le petit paquet cadeau qu'Eva, sa femme, avait déposé sous son passeport.

Chapitre 4

Mon cher Marco,
Si tu lis ces lignes aujourd'hui c'est que tu as oublié. Tu as oublié d'être toi-même. En fait, c'est nous que tu as oubliés. Peut-être es-tu encore marié. Peut-être as-tu d'autres enfants. Peut-être as-tu choisi de rester et, comme ton père, de sublimer ce que tu viens de perdre, par la gestion de l'entreprise. Peut-être as-tu bâti et consolidé tout ce à quoi nous nous refusions. Tu plaisantais, te souviens-tu, au sujet de ce mariage caduc, de cette vie à laquelle dans l'inconscience d'un instant tu t'étais fourvoyé et à laquelle tu avais assuré bientôt mettre un terme... C'était si convenu, disais-tu ! Qu'importe, il est temps de reprendre le chemin de ta vie. Ferme les yeux et respire profondément.
Te souviens-tu maintenant ?

Du pouce, Marc balaya les pages du cahier. Comme noircies dans l'urgence, elles étaient pleines d'une écriture pressée, presque hystérique. La ponctuation semblait manquer d'air, les mots s'envoler, les déliés de peur ou de colère transpercer les fines pages de papier bon marché. Ce carnet avait été le dernier. Le dernier dans lequel Marc Delvingt et Marco s'étaient racontés.

Adolescent solitaire, il avait trouvé dans l'écriture la plus fidèle des amitiés. Il ne fréquenta jamais les cercles de ses camarades de classe, refusa les jeux de bandes, construisit son identité au travers des seules conversations qu'il mena avec son autre lui de papier. À Delhi, douze ans plus tard il plongeait dans les derniers mots de ces jeux d'enfant. L'entrepreneur tourna la première page et lut.

Derrière moi, une branche craque. Quelqu'un vient. Dans le clair-obscur du sous-bois, tel un arbre courbé sous le poids de son feuillage, un homme. Une canne de fortune l'aide à se mouvoir, à supporter le poids des années qui affaissent ses épaules. Ses membres squelettiques tirent déjà le corps fragile vers la tombe. Son regard, malgré les voiles d'un début de cataracte, pétille. Là, réside le secret qui le maintient en vie. Son sourire édenté semble vouloir expliquer qu'entre un cadavre et un homme, la différence se mesure à la vivacité de l'âme. Certains vivent mais sont déjà morts. D'autres ne respirent plus mais continuent de vivre. Ils vivent tant que leur souvenir reste en nous, tant que d'autres hommes les laissent leur murmurer à l'oreille ce qu'ils doivent entendre. « C'est ce qu'on appelle l'âme, mon garçon. » Le vieil homme ne prononce pas un mot mais, dans le discours silencieux de ses yeux voilés, il poursuit. « Ne bouge pas, tu risquerais de te réveiller. Le sommeil est délicat et j'ai encore des choses à te dire. Ce qui t'apparaît ici encore bien trop réel, n'est en vérité, tu l'auras compris, qu'un rêve. Un rêve auquel j'ajoute une scène. Quand le moment viendra, tu le reprendras dans le bon ordre. Et, si tu es attentif, tu verras… je n'y serai plus. En tout cas, je n'y apparaîtrai pas comme aujourd'hui. Sois patient. Tu découvriras le charnier humain, comme celui qui est à tes pieds, puis tu y rencontreras une jeune fille. Mais je n'ai pas le droit d'en dire plus… tu dois vivre ce rêve à ta façon, y déceler les indices que tu y cherches. C'est ton rêve, le rêve de ta vie, celui qui la changera. Si je le reprends ainsi, m'insérant dans le scénario, c'est parce que tu n'as pas écouté le message du dernier. Te souviens-tu maintenant ? En Occident, vous passez votre temps à oublier. Vous vous acharnez à vous défaire du sacré, de vos ancêtres, de ce qui fait de vous des êtres vivants hors du commun : votre âme. N'est-ce pas amusant ? J'ai dû m'inviter dans ton rêve parce que je me suis trompé ! Je croyais que tes voyages t'avaient guéri de cette maladie… Maintenant, ton cœur est gai et pourtant tu es inquiet. Ne laisse pas tes peurs te faire dévier de ton chemin. Les pensées s'envolent, les écrits restent… tu le sais, c'est pour ça que tu te rêvais en écrivain… Pour une fois, respecte-toi, écris le seul livre de ta vie qui t'aidera à te sauver de toi-même. Et n'oublie pas que tu es ton pire ennemi. N'oublie pas que tu es ton pire ennemi. N'oublie pas… »

Le cahier lui échappa des mains. Sur l'épais tapis, ainsi fermé, il redevenait un quelconque carnet. Le danger que représentaient les pages ouvertes s'était tu, endigué le flot tumultueux du passé, mais sa petite voix intérieure ne cesserait de hurler à sa mémoire. « N'oublie pas que tu es ton pire ennemi. » La phrase, comme une cicatrice rouverte, le brûlait. Il repensa à la très jeune femme au sari grenat qui, la veille, semblait l'avoir supplié de la sauver de ce mariage imposé. Douze ans plus tôt, ces lignes avaient été son cri à lui, le cri silencieux qu'il avait poussé par écrit en rentrant en urgence de son dernier voyage. Un « sauvez-moi » qu'il s'était adressé à lui-même pour tenter de se défaire du mariage dans lequel, à peine quelques mois auparavant, il s'était engagé.

Le téléphone de sa chambre sonna. Surya appelait de la réception pour qu'il descende. À l'entrée de l'hôtel, un *rickshaw* l'attendait pour le conduire chez son hôte et potentiel partenaire commercial indien. Complètement sonné, Marc mit quelques secondes à se ressaisir. Puis, il s'ébroua. Il claqua la porte sans se retourner et déclencha le mode automatique. Il savait faire, il en avait l'habitude. Le calepin resta sur le sol, vérité trop difficile à admettre. Marc n'avait pu le ramasser, pour l'instant il le laisserait là. Il verrait plus tard.

Basculé dans le tri-roues vert et jaune motorisé qui le conduisait vers la première vraie étape de sa mission, l'estomac soulevé par les fortes odeurs matinales de la rue et le bruit incessant des klaxons, il se dit qu'au fond nul ne peut fuir quand le destin se présente. Il avait toujours su que quelque chose se produirait, qu'on devrait toujours suivre son intuition… cette petite voix intérieure, souffle divin qui vous guide, à condition de parvenir à l'entendre, noyée sous les peurs, les vestiges des traumatismes du passé et étouffée par les urgences du quotidien. Marc Delvingt avait été convaincu – non, il avait su - que quelque chose se jouerait dès qu'il aurait attaché sa ceinture, quelque chose dont il n'avait pas encore idée et qu'il avait espéré tenir à distance. Mais les voyages sont plus forts que nous. Se retrouver plongé dans une marée humaine, dans un flot de parfums enivrants et d'odeurs aigres, de couleurs et d'énergies, bouleverse au-delà de ce qu'on aurait pu imaginer. Ballotté entre les taxis, les charrettes à légumes, les vendeurs ambulants, les couleurs et les odeurs, un brouhaha général macérant dans la chaleur d'une cocotte-minute de poussière naturelle, Marc Delvingt se demandait ce qu'il adviendrait de l'entreprise si ce voyage était un échec. Il n'arrivait pas à comprendre pourquoi tous avaient désiré si ardemment qu'il s'envole vers cette aventure, pourquoi aucun n'avait semblé envisager une autre destination, pourquoi avaient-ils tous évoqué la capitale indienne. Comment expliquer qu'aucun n'ait même proposé un autre voyage ? Les Brésiliens, les Russes ou les Chinois sont-ils moins gourmands ? Leurs structures de production moins performantes ? Chacun avait apporté un argument : le décalage horaire réduit, des coûts de production aussi bas qu'en Chine, les échanges facilités par l'usage de l'anglais, la taille du marché, l'appétence pour les produits occidentaux haut de gamme… Une véritable coalition pour le pousser vers son avenir, malgré lui.

Dans le rétroviseur du *rickshaw*, le chauffeur lui hurla quelque chose dont il ne parvint pas à saisir le sens, ponctuant d'« Okay ? » à répétition, les appuyant en dodelinant de la tête. Le petit homme à la silhouette rachitique portait une barrette de moustache nette sous le nez, un bindi bordeaux entre les deux yeux, un pantalon chocolat de coton perlé et une chemisette à carreaux. Son cou paraissait désarticulé, le menton seul bougeait de droite à gauche, entre un non et un oui inversé. Pour un peu, Marc Delvingt se serait énervé. Qu'il était loin le voyageur bohème d'autrefois.

Avec les années et les responsabilités, il avait perdu en souplesse, en curiosité et en patience. Sur le bas-côté de la chaussée, au milieu du trafic des camions et des moteurs grondant, le *rickshaw*allah fit finalement taire son véhicule de fortune. Rejoint par un collègue apparu du néant, les deux compères main dans la main, traversèrent ensemble l'avenue en direction d'une échoppe où d'autres personnages, comme tirés d'un film de la Nouvelle Vague, vêtus à la mode européenne des années 70, palabraient. Certains accroupis, d'autres debout. Ils s'étaient retrouvés pour prendre le thé. Un thé au lait et aux épices. Un chaï très sucré servi dans de petites coupelles de terre cuite qui, une fois vidées de leur contenu, s'entassaient près du fourneau à bois improvisé où les bouilloires sifflaient. Ahurissant. Remontèrent à la surface ses vieilles réflexions sur le voyage et le temps. Le temps du voyage. Le temps de la vie. Le temps de la transformation. Le temps de la respiration. Son arrivée à Bénarès. L'énergie des ghâts au lever de l'astre du jour. Les marches vers le Fleuve sacré entre tous. Les hommes l'interpellant à tout bout de champ, la bouche rougie par la mastication du bétel. Les sâdhus dévêtus, shiloms à la main, en position du lotus, riant. Riant à gorge déployée. S'amusant des passants, des touristes abasourdis. Des Européens ébahis cumulant les activités. Prêts à rentrer, prêts à affirmer lors de cocktails mondains qu'ils avaient « fait » l'Inde. Qu'ils avaient tout « fait » : de la balade en barque sur le Gange, en passant par la visite éclair du Taj Mahal jusqu'au bivouac dans le désert du Rajasthan à dos de dromadaire. En une semaine, ils avaient « fait » l'Inde millénaire. Il vit encore le soleil refléter ses rayons endormis sur les étendues miroirs des plantations de riz en terrasse au lever du jour dans les vallons à l'abord de l'Himalaya. Il sentit l'énergie des regards des artistes de Kumartuli au nord de Calcutta, où chaque famille est préposée à la réalisation d'une part des statues des idoles hindoues qui seront célébrées par les dévots pendant les festivals religieux. Durga, Ganesha, Sarasvati... Où, à deux pas, se mourrait bientôt le soleil sur l'Hooghly souillé de détritus flottants. Il sentit enfin les parfums des échoppes du quartier de Jama Masjid, la grande Mosquée à Delhi, se mêler aux effluves des encens des moines en robes orange égrenant leurs mâlâs et récitant leurs mantras au rythme des roulis des moulins à prières, aux abords des temples, dans le quartier des réfugiés tibétains, le tibetan refugee camp. Les émotions, la force des sensations décuplée par le voyage. La peur, l'angoisse, le désir, le frisson, le plaisir, la sérénité, des concepts qui prenaient pleinement leur sens dès qu'il quittait la France. Douze ans sans voyage au long cours et ça aussi, il avait oublié. L'amour.

Le chauffeur finit par reprendre le volant de son tricycle motorisé. Sur le chemin des entrepôts, au sud de la capitale indienne, on construisait d'immenses tours où la nouvelle classe moyenne s'empresserait de s'entasser, trop heureuse de ce confort à l'occidentale.

Mister Jagdeep Singh Cheema l'attendait devant les gigantesques portails de l'entrée, une armée de collaborateurs à ses côtés, une rangée de dents blanches parfaitement alignées en guise de bienvenue. Toute la journée, ils enchaînèrent les réunions et les rencontres. Jagdeep Singh Cheema lui présenta chaque service. Les collaborateurs, tour à tour dans une valse de namasté, joignirent leurs mains sur leur front, comme en prière, devant l'homme venu de si loin.
L'entrepreneur indien était un homme charmant. Du moins, c'est ce que Marc Delvingt aurait répondu si à la sortie on lui avait demandé ce qu'il en pensait. En vérité, l'Auscitain aurait bien été incapable de décrire les traits de l'homme. Il avait pourtant échangé longuement avec son homologue. Scrupuleusement, il avait posé chacune des questions que lui avait consignées Juliette, son

assistante, dans le dossier cartonné vert sur lequel, en capitales était inscrit « INDIA ». Il s'était heureusement souvenu en franchissant la double porte à battants qu'il s'était engagé auprès de conseil d'administration à enregistrer l'ensemble des entretiens en vue des réunions de débriefing. Tout noter, tout photographier : c'était ce que l'équipe du comité de direction, le Codir, avait décidé avant son départ, sous la menace du patriarche. Quand le commandement paternel était tombé, il n'avait rien dit, se pliant à l'injonction, comme à l'une de ses lubies régulières, persuadé qu'une fois sur place, il ferait bien comme il le sentait. Comme toujours. Or là, dans le tourbillon de ses pensées, prisonnier d'un imbroglio inextricable de sensations et d'émotions, chamboulé de la tête aux pieds, le fils loua le ciel d'avoir soufflé à son père cette idée lumineuse.

Incapable d'être pleinement à ce qu'il faisait, il ne retint pas un traître mot de ces échanges. L'enregistrement jouerait les bouées de sauvetage à son retour. Ce qu'il y vit ? Ce dont on discuta ? Il ne s'en souvenait plus dans la seconde suivante. Et même, quand à la fin de la journée, les deux dirigeants convinrent de se rendre ensemble le lendemain à la mission économique française, si Marc Delvingt ne l'avait pas immédiatement noté dans son Smartphone, il l'aurait sans doute oublié. Tout ce à quoi il pensait, c'était ce satané carnet, ces satanées lignes qu'il s'était écrites des années auparavant. Confortablement planté dans ses mocassins caramel, son corps répondait présent mais son cerveau flânait au loin. Les deux hommes se serrèrent chaleureusement les mains et se séparèrent. Marc rentra à l'hôtel pour se changer avant d'aller serrer d'autres mains à l'Alliance française.

Chapitre 5

Ce matin-là, à peu près au moment où Marc Delvingt quittait son partenaire indien, à des milliers de kilomètres, ses employés s'apprêtaient à rejoindre les bureaux. Quand le directeur des opérations arriva dans les locaux de Delvingt SA, un cortège un peu spécial l'attendait devant la porte d'entrée. Au début, il imagina un contrôle de l'administration, le fisc, l'Urssaf, la Dirrecte, l'hygiène ou les douanes, des habitués en quelque sorte. En général, il s'agissait de deux pantins en costard bon marché. Chacun y allait de son baratin, de ses remarques désobligeantes, de sa liste de points réglementaires non respectés et de sa facture, évidemment. Or, l'attirail hors norme des gros bras et les cinq lettres en majuscule sur le flanc des véhicules le détrompèrent rapidement. Deux camionnettes bleues sérigraphiées du logo de la police, une Clio blanche et une armée de costauds, mitraillettes à l'épaule. Jamais il n'avait vu pareille armada de flics de ce calibre stationner, équitablement répartis, devant l'entrée des bureaux et de l'entrepôt. Et Marc qui était absent ! Dans le brouillard persistant de janvier, le silence était pesant, à peine rompu par l'âpre grésillement des rangers sur le gravier. En éteignant le moteur de sa berline en même temps qu'il défaisait sa ceinture de sécurité, Jacques envoya un court mail à Pierre Delvingt « Urgent, armée de flics au bureau. Besoin de vous. » Un mail jouant les SOS modernes. Un mail, car ce vieil acariâtre techno allergique avait quand même fini par craquer pour ce moyen de communication.

Dans le froid hivernal gascon, un quinquagénaire en civil, jean bleu et doudoune noire, petite moustache nette sous le nez et peau de chocolat craquant, lui demanda de décliner son identité. Jacques s'exécuta. La lèvre tremblante, mal articulant, il précisa prénom, nom et intitulé de son job. Le flic demanda, appuyé d'un accent british à couper au couteau, si Marc Delvingt était présent, ajoutant qu'ils devaient lui parler de toute urgence. Jacques raconta le départ en Inde et le retour prévu dans deux semaines. Il ajouta qu'en l'absence de son patron, c'était lui qui gardait la maison. L'agent lui demanda alors de les suivre, lui indiquant la porte coulissante d'une estafette dont le moteur était resté allumé, prête à partir à tout moment. Quand la camionnette démarra, projetant au passage quelques gravillons sur les fenêtres du bureau, Jacques aperçut une équipe de policiers posant des scellés sur toutes les portes. Alors qu'il s'égosillait dans le vide, exigeant en vain des explications, il aperçut Juliette. L'assistante de direction de Marc gesticulait silencieusement aux prises avec un autre flic sur le parking. Confiné entre deux uniformes, toutes vitres fermées et moteur ronflant, le patron intérimaire de la Confiserie Delvingt n'entendit pas un mot de la conversation. L'expression du visage angélique de la petite blonde timide encadré par les branches de larges lunettes, marquait clairement l'incompréhension.

De l'autre côté, au niveau du portail motorisé et jusqu'à l'entrée de la zone d'activité, un barrage de police avait été organisé pour qu'aucun des autres collaborateurs ne pût entrer dans l'entreprise. Enfin, l'irremplaçable 2 CV verte et blanche de Pierre Delvingt apparut. Le message était passé mais il arrivait trop tard car, avant qu'il n'ait pu lui faire signe, Jacques reçut un coup d'une violence inouïe sur le visage. Du reste il ne garda aucun souvenir.

Chapitre 6

Quand Marc Delvingt entra dans sa chambre d'hôtel, le carnet gisait toujours au centre du tapis clair à poils longs, le même tapis qui ornait toutes les chambres de tous les hôtels de la Chaîne. Immobile, ce vulgaire conglomérat de papiers, cintré d'une vague épaisseur cartonnée, tout juste maculé de quelques gouttes d'encre bleue délavée, jouait avec ses nerfs. Du haut de ses quelques centimètres carrés, c'était comme s'il lui souriait. Placide et froid, cynique et distant. Mais bien présent. Pour en finir, du moins momentanément, Marc lui décocha un coup de pied l'envoyant se loger au pied de la valise, suffisamment loin de son bureau pour ne pas l'avoir en permanence sous le nez. Pas question de penser à ça pour l'instant. Il devait transmettre les enregistrements de la journée à son père et jeter un œil à sa boîte de réception. En mode automatique, toujours, pour éviter de réfléchir. Il disposait d'à peine une trentaine de minutes pour faire le point sur la situation en France, passer sous la douche, enfiler une chemise propre et s'asperger d'eau de toilette avant de rejoindre les autres. Ensemble, ils prendraient un taxi pour l'Alliance française où, comme l'avait précisé Surya, l'Ambassadeur en personne les attendait. Il avait besoin de se détendre, de penser à autre chose. Il devait relâcher la pression. Les événements troublants qui se multipliaient ne pouvaient être que le fruit de son imagination. Une imagination exacerbée par le burn-out guettant, résultat direct des derniers mois au cours desquels il avait passé presque toutes ses nuits à refaire ses calculs, à jongler entre l'urgent et les priorités, les gros clients à garder et les salariés à encourager – pour qu'eux-mêmes ne se retrouvent pas saisis du vertige qui finirait par lui, le faire chavirer.

Étrangement, sa boîte de réception – à l'image de son répondeur téléphonique – se révéla à nouveau parfaitement vide. Pas un mail en copie, pas un FYI à archiver. Pourtant, avec le décalage horaire, à Auch, la matinée battait son plein. Il aurait dû recevoir quelque chose… Ne serait-ce qu'un mail de Jacques, de Pierre ou d'Eva. Il tenta d'appeler son ami d'enfance et bras droit, juste pour s'assurer que tout allait bien. Les sonneries de son portable, comme celle de sa ligne directe se prolongèrent de longues minutes sans que personne ne vienne décrocher.

Trop pressé pour s'inquiéter outre mesure, trop excité aussi à l'idée de retrouver Surya dans un cadre plus propice aux échanges informels et trop épuisé par le poids des mystères et questions qui l'habitaient, il opta pour « pas de nouvelle, bonne nouvelle », fit suivre les fichiers audio de la journée à son père, plongea sous la douche, boutonna sa plus belle chemise et descendit rejoindre ses collègues.

Ce soir-là Marc fit la connaissance de Jean-Noël Dubois, directeur de l'Alliance. L'honorable représentant de la francophonie à Delhi. En parisien distingué, il rebondit adroitement sur l'implantation géographique des établissements Delvingt, s'attardant longuement sur le stage de théâtre qu'il avait suivi pendant les vacances de Pâques en classe de sixième dans le Gers. Sujet de conversation éminemment passionnant qui se termina par une analyse très poussée de l'insupportable chaleur qui régnait déjà en Inde en janvier. Marc Delvingt but encore une coupe de champagne avec monsieur l'ambassadeur Éric-Emmanuel De Coligny, échangea quelques regards suggestifs avec la belle Surya Patel et rit même aux plaisanteries de Christian. Seul le show des danseuses de l'Orissa, entre deux coupes d'un rafraîchissant Grand Siècle, lui laissa une impression étrange. La sensation qu'au travers des rythmes et mouvements des artistes, il s'approchait de ce qu'il s'était écrit « ne jamais devoir oublier ».

Toute la journée, il s'était plié au protocole, au rythme galopant du programme défini par l'agence MyBB. Il n'avait pas bronché, avait scrupuleusement noté les éléments chiffrés qui lui permettraient de prendre les bonnes décisions en rentrant à Auch, s'était plié aux jeux diplomatiques du cocktail mondain, avait tenté en vain de garder éloigné l'irrésistible désir que lui inspirait Surya. Quand, enfin il put regagner l'hôtel de Connaugh Place, Marc fonça droit sur sa boîte mail. L'onglet ne bougeait pas. Surpris, il renouvela ses appels. Le téléphone de la Confiserie sonnait toujours dans le vide et Jacques ne répondait pas plus sur son portable. À cette heure-ci, Eva devait encore être au cabinet. Il tenta de la joindre. Sans résultat. À la maison, idem. Au moment où l'image de sa femme apparut, tout sourire, sur l'écran de son Smartphone, il comprit que son mariage était fichu. Quinze ans passés aux côtés de cette femme, quinze ans qui lui semblaient désormais une éternité dans laquelle il s'était lui-même figé.

Il composa le numéro de la maison de son enfance, le premier numéro qu'il ait appris par cœur, le seul dont il se rappellerait toujours. Pierre décrocha avant même que la sonnerie n'ait retenti. Le patriarche avait la voix cassée des jours sombres. Une voix qu'il ne lui avait entendue qu'une fois, le jour où ils avaient enterré Christiane. Pierre n'entra pas dans les détails, il se contenta d'un « Enfin, Marco, c'est toi. Ça fait des heures que je te laisse message sur message. Il faut que tu rentres immédiatement. C'est grave. Ce matin les Poulets ont déboulé en grande pompe aux bureaux, ils ont arrêté Jacques et imposé le silence aux autres, sous peine de venir rejoindre le directeur des opérations au poste. »

Alors la communication Delhi-Auch fut coupée. Le fils tenta de rappeler son père mais le téléphone se remit à sonner dans le vide. L'entrepreneur tremblait. Impuissant depuis sa chambre d'hôtel à l'autre bout du monde, il passa en revue tous les possibles. Ses collaborateurs avaient reçu l'ordre de la fermer et de ne prévenir leur patron en aucun cas. Dans le combiné, Pierre semblait terrorisé. Pourtant, le patriarche n'était pas du genre à paniquer pour un rien. Pierre avait assuré qu'il avait tenté de le joindre toute la journée, alors qu'aucun appel en absence, mail ou message n'apparaissait. C'était comme si… oui, comme si les moyens de communication buggaient ou… avaient carrément été bloqués. Marc échangea le mode automatique pour celui de « machine de guerre ». Sans réfléchir, il envoya un SMS à Surya Patel pour lui demander de bien vouloir le rejoindre dans sa chambre au plus vite, précisant qu'il devait rentrer immédiatement en France. Il fourra à tout va les quelques vêtements que, la veille, il avait disposés dans la penderie, ne laissant de côté que sa trousse de toilette et un change pour le lendemain. La fermeture éclair de sa valise relevée, il baissa les yeux vers le carnet. Il le ramassa, s'assit sur son lit et l'ouvrit.

Quarante-cinq minutes après son SMS, Surya Patel toqua à la porte. Il ne se leva pas, limitant sa réponse à un vague gémissement. Elle se glissa à l'intérieur, un peu gênée, le visage affolé mais déterminé. Vêtue d'une longue tunique turquoise qui éclairait son teint ganache de chocolat au lait sur un jean brut, elle portait la tenue traditionnelle avec l'amour que seuls les exilés donnent aux usages de leurs pays, la mixant au confort et à l'élégance des métropoles occidentales. Tradition et modernité faisaient bon ménage sur son corps mince. De sa voix douce, elle alla tout de suite au cœur du sujet. Elle expliqua qu'après négociation et promesse d'un généreux pourboire, elle avait obtenu une réservation sur le premier vol pour Toulouse dès le lendemain. Elle relata qu'elle avait appelé Jagdeep Singh Cheema, lui expliquant que des circonstances inattendues rappelaient Marc Delvingt en France en urgence. Pour Jagdeep, les choses étaient claires, il serait ravi de devenir le distributeur exclusif des produits Delvingt en Inde d'abord, puis vers toute l'Asie. Il ferait prochainement suivre une proposition de contrat pour les aspects de développement commercial puis pour la sous-traitance. D'ici là, il structurerait les agendas de ses chaînes de production pour qu'ils puissent prendre en charge la part asiatique des activités des établissements Delvingt. À terme, avait-il même précisé, ils pourraient ensemble envisager jusqu'au rapprochement juridique de leurs structures. Il avait expliqué l'intérêt qu'il avait immédiatement porté à l'entreprise familiale auscitaine par « je suis fou des Pupilles d'Étoiles, le produit phare de la Confiserie Delvingt, depuis que mon père m'en a ramené d'un voyage à Paris, mais je voulais d'abord voir ce que ce Marc Delvingt avait dans les yeux pour avancer sur un accord commercial entre nos sociétés. Son cœur est pur. Il est clair qu'il a perdu son chemin, mais c'est un homme bon. J'ai vu dans ses yeux qu'il cherchait la lumière. »

Jagdeep avait demandé à Surya de lui souhaiter bon voyage et avait ajouté qu'il espérait qu'à son prochain séjour en Inde, Marc Delvingt aurait le temps de venir déguster un thali en famille. D'ici là, tous prieraient Ganesha et tous les saints du Panthéon indien pour que ses affaires s'arrangent.
Au moment où elle allait raccrocher, l'entrepreneur indien avait indiqué qu'il avait quelques idées d'investissements intéressants à proposer à son homologue français et qu'il espérait qu'au cours des jours à venir ils auraient le temps d'en parler. « L'Inde, avait-il expliqué, est un merveilleux creuset d'innovations et les petites pousses technologiques qui changeront le monde de demain s'y trouvent déjà. Pour quelques milliers d'euros..., on s'assure un retour sur investissement plutôt étonnant mais, s'il préfère, j'ai sous le coude d'autres affaires plus « classiques » dans lesquelles, m'a-t-on confié, il a de l'expérience... Mais nous attendrons avec impatience son retour pour en parler avec lui... »

Elle débita son texte maladroitement comme une débutante au théâtre. Elle n'avait pas marqué de différence entre les informations logistiques – réservation du billet d'avion et du taxi - et la retranscription des propos de son partenaire indien au sujet des troubles qu'il avait lus dans le cœur du dirigeant. Elle n'avait pas repris son souffle, avait tout recraché comme si elle l'avait longuement appris par cœur. Puis, elle s'était approchée de l'homme rapetissé par la souffrance, prostré au bord du lit, s'était assise tout près, avait fermé les pages du carnet dans lequel il semblait s'être noyé, l'avait déposé sur le chevet et avait ajouté :

– La seule chose, c'est que… j'espérais que nous aurions le temps d'apprendre à nous connaître. J'espérais que ces quinze jours seraient à nous. J'espérais que vous, enfin que tu… comprendrais… peut-être pendant le week-end, lors de la visite du Taj Mahal…

– Le temple de l'amour ?

– En quelque sorte… même si en réalité le Taj Mahal est un mausolée. Enfin, disons que j'espérais surtout que, le temps off de la visite nous aurait permis de… enfin…, m'aurait donné le temps de te dire que… ce que j'ai ressenti pour vous… quand je vous… quand je t'ai… vu passer les battants en verre de l'aéroport de Blagnac... était de nature… comment dire… troublante.

Chapitre 7

Une petite main attentionnée vint frôler l'épaule du dirigeant. L'appareil n'avait pas quitté le tarmac qu'il s'était assoupi d'un sommeil sans rêves dont venait l'extraire l'hôtesse pour lui proposer de dîner. Il était affamé. Il aurait bien avalé une vache en entier mais, dans un appareil de la compagnie indienne, pensa-t-il, cela aurait été de mauvais goût. Quand l'hôtesse lui tendit son plateau-repas, il lui répondit un merci machinal qu'elle sembla mentalement traduire en anglais. En ôtant le couvercle d'aluminium de la barquette en plastique, alors que le parfum des épices lui montait au nez, il repensa au parfum sucré de la peau de Surya.

La veille, quand elle s'était assise sur le rebord de son lit, il s'était approché de son cou, avait longuement respiré l'épiderme, s'était enivré des couleurs qui en émanaient. Il avait laissé une larme ruisseler sur sa joue. Une larme qui s'était glissée dans le creux perlé du col brodé de la longue tunique turquoise de l'accompagnatrice. Il avait saisi de ses deux mains le visage un peu gêné de celle qui venait lui dire que tout était arrangé et qu'il pouvait la quitter. Lui dire aussi que la rencontre de leurs yeux l'avait troublé. Un visage si doux. Si tendre. Un visage qu'il aurait aimé caresser à jamais. Un visage tout droit surgi des vers des poètes romantiques de sa jeunesse.

À cet instant, tout ce qui constituait le réel de son monde disparu. Une bulle. Son mariage raté, la voix inquiète de son père, le carnet noir, les bruits de la rue, les menaces sur l'entreprise… Des cascades de problèmes qui s'évaporèrent à l'instant où leurs lèvres se rencontrèrent. Comme une unité perdue et retrouvée. Il saisit à pleines mains ses joues, posa ses lèvres sur les siennes, glissa sa langue dans la bouche de Surya pour que leurs âmes ne fassent plus qu'une. Le pouls affolé, il sentit entre ses jambes son membre s'ériger. Dans une érection inattendue, il la déshabilla. Il arracha sa tunique couleur de ciel d'été, défit avec les dents les boutons cuivrés de son jean brut, caressa la dentelle des sous-vêtements, l'étendit sur le lit et la regarda furtivement. Sa respiration s'était accélérée, ses pommettes avaient rosi, ses pupilles brillaient. Sur la peau chocolat, dans le clair-obscur de la nuit, alors que la chambre n'était plus éclairée que par les lumières de la rue, il l'observa nue. Comme une réminiscence du passé. Une impression de déjà-vu. Son corps fragile, sa peau douce comme de la soie, la délicatesse de ses formes… Seul, comme oublié par le hasard, un pendentif brillait sur une chaîne en or. Un svastika délicatement forgé dans le métal précieux, orné en son centre d'un saphir étoilé d'un bleu intense. Sagement immobile, elle attendait qu'il vienne en elle. Elle ne prononça pas un mot. Il leva encore les yeux vers son visage, comme cherchant l'assentiment que son éducation lui rappelait d'obtenir.

Elle lui souriait. Comme il ne bougeait plus, entre étourdissement et émerveillement devant ce corps parfait, joliment serti du bijou, elle se mit à défaire un à un les boutons de sa chemise, fit glisser les manches le long de ses épaules encore solides, découvrit la blancheur de ses avant-bras, de son torse. Elle le retourna sur le dessus du lit qu'ils n'avaient pas pris la peine d'ouvrir, suçota les tétons, l'embrassa délicatement jusqu'au nombril, défit sa ceinture, ouvrit les crochets du pantalon cintré de costume qu'il portait encore et fit grincer la fermeture éclair jusqu'à pouvoir y glisser la main. Avec assurance et passion, elle lui arracha ses chaussettes et son caleçon de coton, déposa des baisers enflammés sur ses orteils, sur ses tibias osseux, ses genoux, le haut de ses cuisses. Dans un mouvement régulier de va-et-vient, elle frotta son corps nu contre le sien, allumant les feux de l'excitation un à un. Il la releva, l'allongea délicatement et vint s'emboîter sur son corps brûlant. Son membre pénétra le sexe moite, chaud, accueillant, hurlant aux dieux de l'emmener vers les profondeurs du plaisir.

Marc Delvingt avala quelques grains de riz baignés dans un ragoût orangé au curry. Il revivait la rencontre de leurs corps et, dans son jean, son sexe se sentit à nouveau à l'étroit. La passion l'avait dévoré, il n'avait rien contrôlé, s'était laissé emmener vers des chemins qu'ils n'auraient jamais dû effleurer, qu'il avait l'impression d'avoir déjà empruntés, sans doute exacerbé par le voyage. Trop familiers pour être évités. Les épidermes incandescents de ces deux corps brûlants, les cœurs à l'unisson, les âmes en osmose, dans un va-et-vient parfait relevant presque du sacré, le ramenaient douze ans en arrière.

Au milieu de leur nuit d'amour, Marc Delvingt s'était éveillé, assoiffé. En posant un pied sur le sol, il avait marché sur un morceau de papier froid, comme plastifié. Il l'avait ramassé et, à la lumière blafarde du néon au-dessus du lavabo, avait découvert une photo représentant l'image d'une jeune femme tout sourire, au teint délicat de chocolat au lait, le visage illuminé par de petits yeux rieurs en amande, les cheveux bien mis dans un chignon piqué de fleurs en métal doré, vêtue d'un sarong orangé, d'un kebaya en dentelle rose, la ceinture tenue dans un foulard jaune canari, un panier d'offrandes sous le bras. Celle qui, de l'autre côté de la paroi, dormait à poings fermés l'aura fait tomber la veille en se déshabillant. Surya.

Il était sorti de la salle de bains, s'était allongé près du corps chaud, avait passé un bras autour de ses hanches et avait laissé le sommeil l'emmener. Quand le lendemain, le réveil avait sonné, ce réveil qui devait l'éloigner à - peut-être - jamais du sous-continent, le lit s'était révélé vide. Surya avait disparu, le laissant seul face à la réalité, un arrière-goût aigre sur le palais, un goût de remords, de regret, de chagrin. Il avait plié ses affaires, embarqué pour Toulouse.

Chapitre 8

À son arrivée de New Delhi, malgré le décalage horaire, le nouveau choc thermique et la situation alarmante qui motivait son retour anticipé, Marc Delvingt se sentait bien. Il était heureux. D'un bonheur sans ombre et tout à fait inopportun. Un bonheur qu'il portait en lui, sur lui, communicatif, viral. Un bonheur qui flottait dans l'air aseptisé des couloirs de l'aéroport et qui, dès qu'ils s'aperçurent, transperça même le cuir stressé de l'épiderme de son paternel. En le voyant sortir des portes à battants des douanes, Pierre ne put réprimer son émotion et laissa son visage se fendre d'un large sourire. Un sourire que, quinze ans plus tôt, il aurait aimé s'autoriser au retour du fils prodigue mais que l'état de santé de son épouse ne lui avait alors pas accordé. Et qui, aujourd'hui, malgré la disparition de Jacques, lui échappa. À l'image de leurs rapports en général et de la situation qui les réunissait en particulier, ils s'embrassèrent poliment mais sans effusion, froidement, selon les conventions, jaugeant à la marge la dose nécessaire d'émotion pour laisser croire à une relation familiale normale. Ils se dirigèrent vers le parking. Les phares exorbités de sa carcasse métallique, la vieille 2 CV paternelle semblait, elle aussi, sourire aux fantômes mal éveillés que les portes de verre de l'aéroport recrachaient vers l'extérieur.

Ballotté sur les suspensions molles des sièges à élastiques de la deudeuche, Pierre Delvingt reprit les événements dans l'ordre. Au cours des premières heures, la vie avait suivi son cours, on s'était échangé des mails, on avait honoré des commandes. Les choses s'étaient compliquées au matin du deuxième jour. Pierre avait reçu un mail de Jacques et s'était immédiatement rendu à la Confiserie. Impuissant, il avait vu s'éloigner la voiture sombre de la police, puis à l'intérieur avait découvert les scellés sur les portes. Il fallait appeler Marc, à eux deux ils sauraient quoi faire. Mais à peine était-il rentré chez lui, que le téléphone sonnait ; c'était Juliette, son assistante dévouée. Il l'avait écoutée longuement, espérant que Marc ne tente pas d'appeler à ce moment-là. Cueillie à la sortie de sa 205 par un agent de l'ordre, elle avait d'abord aperçu Jacques monter dans une camionnette de la police. Tout de suite après, le flic lui avait fait signe de rester dans sa voiture et, en hurlant, lui avait intimé l'ordre de ne parler de ça à personne, et surtout pas à un Delvingt. Il lui avait signifié encore expressément qu'elle ne devait, sous aucun prétexte, chercher à en savoir plus, que ce serait mieux pour elle et pour la sécurité de son fils.

Et pourtant, elle avait appelé. Elle avait prévenu Pierre, avait réclamé le retour de son patron, assurant avoir déjà tenté de prévenir Marc, sans résultat. De sa voix tremblante, elle avait déversé un flot irrégulier de mots désordonnés. Elle avait répété qu'elle n'aurait pas dû mais qu'elle avait senti que c'était important. Elle avait peur. Peur qu'il n'arrive quelque chose à son petit bout. Peur de perdre ce garçonnet qu'elle élevait seule depuis que son salaud d'ex les avait quittés. C'était tout ce qu'elle avait. Il était toute sa vie... Mais... s'il arrivait quelque chose à Jacques parce qu'elle n'avait pas parlé, parce qu'elle n'avait pas prévenu un Delvingt, parce qu'elle avait été trop effrayée..., elle s'en serait voulu toute sa vie. Enfin, elle avait bien dû l'avouer, l'étrangeté des faits aiguisait en elle de la curiosité. Entre sanglots et inquiétude, sa voix avait joué aux montagnes russes, passant tour à tour d'un filet presque inaudible à la stridence de la colère. Elle n'était pas parvenue à comprendre pourquoi ces agents avaient posé des scellés, pourquoi ils cherchaient Marc, pourquoi ils avaient emmené Jacques, pourquoi s'étaient-ils soudainement mis à les menacer, elle et son fils, adorable blondinet de deux ans qu'elle aimait plus que tout... Pourquoi ? Alors, elle avait appelé.

Dans l'habitacle de la 2 CV, ce que Pierre ne dit pas à son fils, c'est qu'avant de raccrocher, elle avait quand même hasardé « M. Delvingt... Dites-moi... Marco est-il bien celui que nous croyons ? Enfin... je veux dire... Les collègues, ils s'interrogent, vous voyez... Pensez-vous qu'il ait... comment dire... qu'il ait pu au cours de ses années d'absence - dont personne ne sait rien, absolument rien, - au fond... qu'il ait pu faire... quelque chose d'illégal ? Pensez-vous que

c'est pour ça qu'il ne voulait pas repartir en voyage ? Non parce que… quand même, c'est drôle comment les événements s'enchaînent… Marc est parti avant-hier alors qu'il s'y refusait depuis plus de dix ans et ce matin… les flics débarquent. Il n'a pas donné de nouvelles depuis son départ, pas un mot et ne répond pas au téléphone… Qu'est-ce qui se passe, M. Delvingt… ? »
Personne ne comprenait. Personne n'aurait pu. Pareillement démuni, comme dans un mauvais blockbuster au scénario douteux, Pierre n'avait pas été capable d'apporter plus de réponses aux questions de l'assistante. Trop d'inconnues dans l'équation.

Après un court silence, Pierre Delvingt reprit son récit. À maintes reprises, il avait tenté d'appeler son fils. Sans résultat. Le répondeur ne se déclenchait pas, la sonnerie retentissait dans le vide. Il était resté dans le salon, la main collée au vieux téléphone en bakélite, attendant désespérément que Marc appelle. Longtemps, l'appareil était resté silencieux. Condamné à rester près du combiné, il avait passé la journée à tourner et retourner la situation, cherchant des réponses aux questions soulevées par l'assistante. Qui étaient ces flics qui avaient débarqué dans l'entreprise ? Où avaient-ils emmené Jacques ? Pourquoi Marc n'appelait-il pas ? Devait-il contacter la police ? Et si Marc appelait et que le téléphone sonnait occupé ? Non. Il devait attendre de lui avoir parlé avant d'agir. Et Eva ? Où était-elle ? Avait-elle

été prévenue ? Il devait aller la trouver, peut-être avait-elle reçu des informations ? Peut-être même était-elle en danger… Dès qu'il aurait parlé à son fils, il irait la chercher, ensuite il se rendrait au commissariat. Il devait leur demander des explications. Et, en fin d'après-midi, un peu avant 18 h, la sonnerie avait enfin brisé le silence. En deux phrases, avant que la conversation ne coupe, Marc avait assuré qu'il rentrerait en plus vite. Alors le patriarche était remonté en voiture, direction le pavillon de son fils, en basse ville. Il avait frappé à la porte d'entrée, défoncé le bouton de l'interphone, crié le prénom de sa belle-fille. Même scénario au cabinet dentaire, sans plus de résultat. Était-elle chez une amie ? L'entreprise était à l'arrêt, Jacques avait disparu et les collaborateurs de Delvingt SA étaient rentrés chez eux. Et maintenant Eva ne répondait plus.
À l'évocation de la disparition d'Eva, le sourire de Marc se voila. Il sut que quelque chose était arrivé. Mais, alors que Pierre enchaînait déjà sur sa visite au commissariat, Marc se raisonna. Inutile d'invoquer le malheur tant qu'il ne demande pas à entrer. Recueillir d'abord le maximum d'informations, décider ensuite.

Dans les locaux du commissariat régnait un calme inhabituel. Le tic-tac de l'horloge murale décomptait les minutes qui s'écoulaient au rythme lent et monotone du bouquet de marguerites qui fanaient sur le comptoir d'accueil. L'agent mal embouché écouta distraitement son histoire. Les yeux rivés sur son ordinateur, le visage bleui par l'écran et le crâne chauve brillant sous la lumière froide des néons, il se contenta de lui indiquer une banquette en métal argenté, ajoutant laconiquement « merci de patienter, on va vous recevoir. » Au cours des quarante-cinq minutes qui s'écoulèrent avant qu'on ne l'entende, Pierre nota chacun des détails de l'espace, des affiches visant à encourager le signalement des violences conjugales, aux aigreurs des effluves de peurs et de transpiration mêlées aux relents de détergents bon marché qui flottaient dans l'air. Pierre Delvingt attendit calmement jusqu'à ce qu'on vienne le chercher. En découvrant celui qui patientait sur la banquette en métal du hall d'attente, le visage du jeune homme qui le reçut, s'illumina. Il s'excusa pour l'attente, sourit et tendit chaleureusement la main à l'entrepreneur en retraite. Dans le couloir qui les menait au minuscule cagibi qui tenait lieu de bureau au brigadier, il se présenta. Nicolas Duclos, brigadier trentenaire, arborait deux yeux verts profonds entre un front large et un nez aquilin. Rasé de près, deux fines lèvres rosées venaient clore le portrait.

– Visiblement vous ne m'avez pas reconnu ! C'est vrai que tout ça remonte… en tout cas je suis content de vous voir, ce n'est pas tous les jours que j'ai la chance de recevoir la visite de celui qui fut, accessoirement, l'un des plus proches camarades de bringues de mon père ! J'espère que rien de grave ne vous amène…

Vingt, peut-être vingt-cinq ans plus tôt, Jean-Pierre Duclos avait été terrassé par une crise cardiaque. À l'époque, Nicolas n'était qu'un enfant d'à peine dix ans. S'il avait gardé quelques souvenirs de leurs longues visites à Pierre dans les locaux de la Confiserie, il n'avait pas jugé utile de donner signe de vie à l'ami de son défunt père après les obsèques. L'enfant était devenu un homme, il avait grandi et avait revêtu l'habit des forces de l'ordre, décrochant même le grade de brigadier. Pierre et Jean-Pierre avaient tous deux été entrepreneurs. Le premier avait repris la Confiserie familiale, le second avait créé et dirigé une petite entreprise de plomberie, bien connue dans la région, un atelier en chauffage et tuyauteries qui s'était développé avec l'arrivée de la climatisation. Les patriarches s'étaient rencontrés sur les bancs d'une plénière organisée par le principal syndicat patronal du département et avaient partagé les problèmes des patrons de PME florissantes des années 80. Mais, après le décès de Jean-Pierre, la veuve avait choisi de quitter Auch pour s'installer dans sa région d'origine. Nicolas vécut presque toute sa vie avec sa mère à Orléans. Nicolas expliqua encore à l'ami de son père qu'il avait toujours voulu revenir dans sa région natale et qu'il s'était battu en école de police pour décrocher les meilleures notes. Major de promo, il s'était servi du précieux sésame pour choisir son affectation. Enfin, un peu moins de deux ans plus tôt, Nicolas avait pris ses fonctions au commissariat d'Auch. Plus de dix-huit mois qu'il s'était réinstallé dans la région et il n'avait pas trouvé une minute pour rendre visite au vieux Delvingt.

Après avoir précisé « mettez-vous à l'aise, ici vous êtes en famille », l'agent indiqua à Pierre une chaise, s'assit derrière son bureau et croisa les bras sur son torse. Dans un léger mouvement de tête, il fit signe au vieil homme qu'il pouvait se livrer. Attentif, le brigadier Duclos écouta patiemment le récit des événements qui troublaient la tranquillité de la Confiserie depuis le matin. Visiblement, au commissariat, personne n'avait été informé d'une descente. Le fonctionnaire de police tapota encore longuement sur son clavier pour vérifier. Rien. Le hochement régulier du menton et les ridules de la trentaine qui marquaient déjà la plissure de ses tempes lui donnaient un air juvénile. Nicolas Duclos, le costume marine ajusté, articulait presque à l'excès quand il parlait. D'un naturel discret et trop sérieux pour son âge, ses lèvres se pinçaient en de maigres sourires pour exprimer son assentiment, ne découvrant jamais la rangée supérieure de ses dents. De ceux qui utilisent les mots avec parcimonie, par mimétisme, sans doute, avec ce qu'il avait vu pratiquer par ses supérieurs hiérarchiques, il releva la tête, observa encore le vieil homme et lui demanda de reprendre depuis le début. Pierre Delvingt répéta tout, lui montra le mail de Jacques qu'il avait imprimé avant de partir. Le jeune brigadier était tendu comme un arc, quelque chose sentait mauvais dans cette histoire. Après une longue pause, pesante, il conclut : « Monsieur Delvingt, vous connaissiez bien mon père, si vous n'avez pas de nouvelle de votre belle-fille d'ici 48 h, prévenez-moi, nous demanderons aux pompiers d'aller jeter un œil. Maintenant, rentrez chez vous vous reposer, je vous appelle dès que j'en sais plus. De votre côté, n'hésitez pas à m'appeler, vous avez mon numéro… »

Chapitre 9

Le bonheur de Marc ne résista pas aux faits que venait de lui asséner son père. La réalité reprenait ses droits. Marc demeura silencieux, comme s'il ne parvenait pas à prendre la mesure de ce qui était en train de se tramer.

Pierre bouillait. Alors que la Confiserie avait été mise sous scellés, que sa femme répondait aux abonnés absents et que Jacques, son ami d'enfance et bras droit avait été emmené au nez et à la barbe de tout le monde sans que nul eût été en mesure de dire où il avait été conduit, lui son fils, la chair de sa chair, celui qui avait pris sa place à la tête de son entreprise, qui était aujourd'hui menacée, lui, jouait les putains de jolis cœurs. Le corps ne trompait pas, il aurait fallu être aveugle. Le sourire discret qui persistait dans les yeux, au coin des lèvres, cette courbure aux paupières, pour le père, cela ne faisait pas l'ombre d'un doute, son fils était amoureux. Tout le monde paniquait, et lui, était heureux. Décidément, il était déçu, son fils était un faible, il ne serait jamais le chef d'entreprise à succès qu'il avait espéré, un Delvingt certes, mais un Delvingt sans rien dans les veines. Alors que tout foutait le camp, il avait tout de l'amoureux transi.

Pierre Delvingt s'engagea sur la rocade. Après quelques kilomètres, il se dirigea vers une aire de repos et s'y arrêta. Il tourna le loquet de sa portière

et s'extirpa du véhicule. Droit comme un I, retenant sa respiration, il se posta devant le capot. Derrière le pare-brise, il exhorta son fils à sortir. « Il faut que je te parle, on va prendre l'air. »
Côte à côte, ils firent quelques pas avant que Pierre n'ajoute :
– Tu sais, les murs comme les carrosseries peuvent avoir des oreilles. C'est louche tout ça. Je ne sais pas où tout ça va nous mener mais comme je dis toujours prudence est tante de sûreté. Tu prends la mesure de ce qui est en train de se passer, oui ou non ? Bon sang, Marco !
Le niveau de sa voix modulait comme celle d'un acteur de cinéma des années 40. Dans le rayon jaunâtre du lampadaire unique d'aire d'autoroute, il ne lui manquait que l'imper et le feutre mou pour jouer les privés à la Humphrey Bogart.
– Écoute, on va faire un brin de causette tous les deux. Y'a deux ou trois petits trucs qu'il faut que je te dise et deux ou trois que tu dois me raconter. On n'va pas se raconter d'histoires. Ce n'est plus le moment.
Les profondeurs de la nuit enveloppaient le silence. Une chouette hulula. Pas âme qui vive. Seuls. Pierre, Marc et l'oiseau. Il enchaîna :
– Y en a marre de tous ces taboulés. Va falloir jouer franc maintenant et comme tu ne sembles pas vouloir commencer, je déballe. Tu vas voir, ça soulage. Tu ne crois pas que j'ai compris ce qui s'est passé en Inde ? Tu t'es regardé Marco ? Tout va mal ici et

toi, tu débarques la bouche en cœur, le visage tatoué d'amour ! Tu crois que je n'ai jamais connu ça ? Que j'ai vécu avec ta mère, comme un rabbin sans aller voir ailleurs ? Que je rêvais de faire chambre à part ? Et bien mon petit tu te fous le doigt dans l'oreille. J'ai aimé, moi aussi.

Les yeux ahuris, Marco reçut la révélation comme un uppercut. Jusqu'alors, ses parents avaient incarné le modèle de l'amour dévoué envers et malgré soi. Et si Marc n'avait jamais entendu parler de cette histoire, il était certain de ne pas avoir envie d'en entendre davantage. Surtout pas maintenant. Quel intérêt avait-il à lui parler de ça là, tout de suite ?

– Elle avait 20 ans. Elle était mon étudiante.

La révélation ne trouva d'écho que dans les cris des branches piétinées par les courants d'air désordonnés. En l'écoutant, Marc sut ce que son père faisait. Il lui ouvrait son jardin secret en espérant que le fils se prête au jeu mais sans avoir à lui poser de questions. Le vieux se doutait-il que les événements avaient un lien avec le passé, avec ce que le fils avait tu de ses voyages ?

À mesure que Pierre racontait, Marc décodait. Enfant, quand son père rentrait de longs déplacements professionnels, ses parents s'enfermaient dans la cuisine et l'envoyaient se coucher plus tôt que d'habitude. C'était toujours comme ça. Il partait plusieurs jours et la grisaille assombrissait de tensions ses retours. L'histoire semblait vouloir se répéter. Marc paraissait devoir inévitablement marcher sur la foulée paternelle. Le père était resté vivre avec sa famille, assurant de sa présence, à défaut d'attentions, l'éducation de son fils unique en même temps qu'il conservait les apparences. L'honneur était sauf. Un matin, elle n'est plus venue à mes cours et, en salle des profs, on m'a dit qu'elle s'était suicidée. Me racontant, à force de détails, la mare de sang qu'elle avait laissée à ses pieds en se sectionnant les veines. Les veines de ses petits poignets fragiles. Ces poignets que j'aurais dû savoir protéger, que j'aurais dû ne jamais arrêter de caresser... Mais... il fallait penser à... à toi. »

À bout de forces, l'inébranlable Pierre Delvingt, entrepreneur conquérant, se tut. Pour Marc c'était la première fois depuis les obsèques de sa mère qu'il voyait en son père un homme. Là, planté dans les gravillons d'une aire de repos déserte, le roc ouvrait sa cage thoracique pour en laisser entrevoir un cœur. Il avait donc vécu, autrement qu'enchaîné à la Confiserie, à ses obligations familiales et à ses représentations sociales. Il avait – lui aussi - su chanter l'Hymne à l'amour mais, surtout... pour la première fois, il lui avouait l'avoir placé lui, son fils, au premier rang. Pour la première fois, Marc découvrait qu'il avait été la vraie faiblesse de cœur de son géniteur, une faiblesse qui n'avait aucun lien avec la Confiserie ou avec les responsabilités qu'il avait dû endosser. Enfin presque.

Et, dans le silence des points de suspension, Marc Delvingt comprenait pourquoi son père avait murmuré près du cercueil de Christiane – avant de se murer dans un mutisme de plusieurs semaines – « peu importe la façon dont on aime une femme, elle finit toujours par vous abandonner à vos lâchetés. »
Pierre ne posa aucune question. Si Marc voulait parler, il parlerait. Il se contenta de le fixer longuement avant de reprendre :
– Tu es un homme et ta conscience ne regarde que toi. Mais Eva reste ta femme et elle a disparu. Jacques a été emmené par une brigade dont nul n'a entendu parler. L'entreprise est en danger. Et tu tombes amoureux. Le tout dans un mouchoir de poche chronologique. Ne me dis pas que ça ne pose pas question.
Minuit était passé. Trop fatigué et la vue trop basse pour continuer de conduire de nuit, Pierre Delvingt décida qu'ils prendraient la première chambre d'hôtel qui se présenterait. Il ajouta que de toute manière il lui semblait plus prudent de ne rentrer ni chez l'un, ni chez l'autre et que le lendemain, la fatigue en moins, ils y verraient plus clair. Père et fils s'installèrent dans un motel bon marché pour routiers. Le genre d'établissement où discrétion primait sur confort et où on n'irait certainement pas les chercher. En cette nuit glaciale d'hiver, la voûte céleste était dégagée et, sans les lumières tenaces de la banlieue toulousaine toute proche, on aurait presque pu se perdre à l'observation romantique des

constellations. Ils n'en virent rien. Leurs cœurs frémissaient de peur, leurs estomacs de faim et leurs yeux de sommeil.
La chambre qu'ils partagèrent était petite, sommairement meublée et trop chauffée. On ne prenait clairement pas une chambre ici pour s'y installer. Au mieux, pour y dormir quelques heures. Il était déjà loin le palace international de Delhi où, la nuit précédente, Marc s'était assoupi dans les bras tendres de Surya.

En faisant glisser la fermeture éclair de la poche avant de sa valise, Marc se souvint qu'à Delhi, en rassemblant ses affaires, il n'avait pas revu le carnet. Cette pensée l'inquiéta et, dans un geste incertain, il renversa le contenu du bagage sur le sol. Pas trace du cahier. Il eut beau chercher entre toutes les coutures des quelques vêtements qu'il avait emportés, dans toutes les pochettes, partout, il avait disparu. Son cœur s'emballa ; il était accablé. Pierre l'interrogeait du regard, il ne dit mot. Il se contenta, dans un râle profond, de tirer le drap et la couverture rêche sur son corps épuisé par les heures d'avion. Le ventre vide, la peau moite d'une nuit en plein jour à mille lieues du sol, le cœur las à force d'osciller entre joies et peurs, il éteignit la lumière. Demain serait un autre jour.

Chapitre 10

Le corps était suspendu à une corde en coton tressée, solidement nouée à la poutre centrale du salon. Un corps sans vie. Un corps de femme où le charme avait fait place à l'horreur. Une vague silhouette de hanches marquées, une poitrine qui plus jamais ne se soulèverait dans un chemisier chamarré, autrefois cintré, où les petites fleurs se perdaient entre les éclaboussures de sang séché. Les pieds nus. Au sol, une ballerine rose. Solitaire. Le visage distendu par le poids du corps. La bouche ouverte. Les globes oculaires vidés. Le front fardé d'un svastika d'hémoglobine.

Dans la pénombre du clair de lune, Marc découvrait le corps de son épouse. Un cadavre dans un écrin soigneusement mis à sac. Canapé éventré, meubles renversés, vaisselle cassée. Dans cette pièce, ils avaient échangé des reproches et des mots doux, des regards et des silences. Il n'en restait rien. À peine de vagues odeurs de viande avariée, de sang séché, de chairs en décomposition. Seuls le fredonnement des ailes des premiers insectes fossoyeurs et le délicat crissement de la corde grinçant sous le poids du corps, venaient rompre la lourdeur du silence. Un grincement qui, tel le balancier d'un métronome, régulier, monotone, régulier, monotone, marquait en cadence l'inéluctabilité de la découverte. L'horreur mise en scène. Un spectacle inouï, irréel, atroce. L'insoutenable légèreté d'un être qu'il avait, sans doute, aimé. Son alliance lui brûla le doigt. Celle qu'il avait épousée, celle qui aurait dû être la mère de ses enfants, celle avec qui il avait partagé ses joies, ses craintes, son quotidien. Celle à qui il avait prêté son nom se balançait à bout de corde. Eva. Il en avait si souvent caressé les galbes, les arrondis, s'était tant de fois étonné de la douceur de cet épiderme soyeux, chaud et tendre. Un corps qui, malgré les années de mariage et les anciens jeux érotiques, demeurait svelte et ferme. Un corps qui avait réchauffé les draps dans lesquels il s'était glissé au retour de réunions tardives. Un corps dont il avait embrassé et chéri chaque centimètre carré. Un corps que, tendrement, il avait parfois entouré de ses bras solides, enveloppant des siennes les épaules fragiles de ce petit bout de femme. Un corps auprès duquel il avait calé ses hanches à la courbure de ses reins. Doucement, en prenant soin de ne pas la réveiller, il avait glissé son membre durci entre les formes généreuses et fermes de ses fesses endormies. À l'évocation des frissons qui, en d'autres heures, avaient parcouru l'échine de cette femme assoupie, son membre s'érigea. Il ne sentit plus les relents de chair en décomposition, il s'enivra du parfum de sa peau quand, adossé à ce corps délicat, il lui léchait le lobe de l'oreille, avant de laisser son majeur s'égarer entre les lèvres de son sexe. Une érection macabre. Une érection sur fond de grincement de corde et d'orbites énucléés. Eva. Le cadavre d'Eva. De celle qu'il avait peu à peu délaissée. De celle dont il n'avait pas su être à la hauteur. De celle qu'il avait aimée par habitude plus que par passion. Un amour fait d'attentions et de gestes de tendresse, dont il n'avait pas été capable de saisir l'étendue. L'amour ne se commande pas, il se subit. Elle lui avait pourtant tout passé, y compris son chagrin d'amour au retour de son dernier voyage. Il n'avait pas eu besoin d'en parler. Elle avait su. Su, dès qu'elle avait ouvert les yeux en sortant du coma. Su, qu'il n'en parlerait pas. Su que l'affliction de son cœur partageait ses racines entre l'annonce de l'enfant qui ne naîtrait pas et les cendres d'un amour, une passion nouvelle qu'il voyait s'incarner dans l'impossible pour se conjuguer au passé. Et pourtant, sans jamais faillir, elle avait continué de l'encourager, l'avait consolé pendant les interminables nuits d'insomnies, l'avait rassuré quand les difficultés de l'entreprise se confirmaient et, sur les gestes d'amour inexistants, sur le chagrin manifeste qu'il avait éprouvé pour une autre, avait fermé les yeux. Eva Delvingt n'était plus. Eva Delvingt n'était plus qu'un corps sans vie, mutilé, défiguré. Un morceau de viande dans l'étal d'un boucher, un amas grossier de chairs et de croûtes de sang séché. Un paquet de cellules en décomposition qui se balançait à bout de corde.

Déboussolé, inquiet, troublé par les palpitations de son cœur après ses écarts avec Surya, complètement jetlagué, épuisé, à bout de nerfs, il s'était éveillé le corps moite de sueurs et de larmes, le cœur palpitant à tout rompre, les images d'horreur dansant encore sous ses paupières. Encore un de ces rêves étranges qui le hantait. Incapable de raconter, à peine conscient de l'urgence du moment. Alors que son père dormait encore à poings fermés, il avait quitté la chambre d'hôtel. Il avait conduit pendant près d'une heure, tremblant de froid et de peur, manquant par deux fois l'accident. L'intuition l'avait guidé jusqu'au pavillon. Dans cette maison qui fut la sienne et qui resterait l'ultime demeure de celle qu'il avait épousée. Pas un bruit, pas un souffle. Au niveau du seuil, dans la fraîcheur de l'obscurité, le silence avait été presque trop opaque et les odeurs se dérobant sous le pas de porte n'avaient pas menti. En pénétrant dans le couloir de l'entrée, Marc Delvingt avait su qu'un cadavre gisait là, au moins depuis plusieurs heures, sans doute depuis plusieurs jours. Un cadavre qui s'était présenté à bout de corde. Un cadavre. Le cadavre. Eva. Eva faisait les frais de sa lâcheté passée. Eva, un dégât collatéral dont bientôt il devrait assumer la responsabilité.

Quand les spasmes de la nausée devinrent trop fréquents pour laisser planer le doute d'un nouveau cauchemar, quand il lui fut impossible de nier, Marc Delvingt comprit qu'il devait fuir. Qu'en restant là, sans doute se mettait-il lui-même en danger ? Qu'en laissant son père seul dans leur chambre d'hôtel, c'était peut-être aussi le mettre en danger lui. Que Jacques avait probablement subi le même sort. Il fallait fuir. Fuir au plus vite. Rentrer à l'hôtel. Raconter à son père. Appeler la police. Appeler au secours.

Sans prendre le temps de refermer la porte d'entrée, l'esprit embrumé, il remonta en courant dans la 2 CV. Le corps tremblant de spasmes, les larmes lui inondant le visage, le moteur pétaradant, il fendit le jour naissant dans un nuage de fumée et de chagrin. Un automate. Un mort vivant. Et, quand il posa le pied devant l'hôtel bon marché, son estomac lui remonta le long de l'œsophage, la bile lui brûla la gorge, les narines pleines de l'odeur pestilentielle du cadavre en putréfaction, il vomit bile et sang dans la jolie jardinière sur le balcon. Il n'ouvrit pas la porte de la chambre d'hôtel. Il l'enfonça. Pierre s'éveilla dans un sursaut, hurlant.

Marc ouvrit sa sacoche, en sortit le câble d'alimentation, l'ordinateur et son téléphone portable. Dans la continuité d'un mouvement saccadé de la main, alors qu'il composait, tremblant, le 17 sur l'écran tactile, une autre image assaillit sa mémoire. Le combiné à la main, une sonnerie sourde, les premières mesures d'un Quatre Saisons allegro, une voix de standardiste s'égosillant dans le silence « allô ? allooo ? Il y a quelqu'un... ? » Mais Marc n'était plus à son appel, il repensait à la photo qu'il avait trouvée sur la moquette au milieu de la nuit à Delhi. Le cliché n'appartenait pas à Surya, il avait glissé de son propre cahier. Il représentait non pas celle qu'il avait aimée à Delhi, mais celle à qui, douze ans plus tôt, il avait promis de revenir. Amara. Inéluctable, son passé venait de déferler.

Chapitre 11

Un bip retentit. Sur l'écran d'accueil de son téléphone, une petite enveloppe clignotait.

You got a mail.

As-tu aimé le cadeau d'accueil ? Maintenant, tu choisis : continuer de compter les cadavres ou nous donner la seule vie qui nous intéresse. La tienne.

Sous les mots menaçants, Marc vit un lien. En cliquant, une vidéo s'ouvrit. Dans les premières secondes du film, on voyait Jacques recevoir un violent coup de poing au visage. Le choc lui arracha un hurlement de douleur, du sang jaillit entre ses lèvres, une larme ruissela le long de sa joue. Il cracha une dent dans un mollard gluant. Ses paupières étaient si gonflées qu'il ne parvenait plus à les soulever pour plonger ses yeux dans le regard de la caméra. Les mains nouées dans le dos, pendant un instant, on cacha son visage d'un exemplaire de la République du Gers datée du jour. La preuve que Jacques était encore en vie et qu'il s'était transformé en monnaie d'échange pour une bande de salauds sanguinaires prêts à tout pour lui dérober la vie. Sur le front, gravé dans la chair, rendu visible par les croûtes de sang encore frais, comme sur celui d'Eva, un svastika. Aucune consigne, pas de coordonnées encore moins de signature. Seulement ces deux lignes et la même croix gammée confirmant que ceux qui avaient enlevé Jacques à l'entrée de

la Confiserie étaient les assassins d'Eva. Ils ne cherchaient pas à obtenir une rançon. Ils voulaient sa peau.
Les experts de la police scientifique trouveraient l'adresse IP du ou des auteurs du message, ils finiraient par élaborer un embryon de piste, peut-être même qu'en étudiant chaque pixel des images découvriraient-ils des indices que sur l'écran d'un téléphone portable Marc ne pouvait déceler… Mais dans quels délais ? Et avec quelles conséquences ? Les événements s'enchaînaient à toute allure. En moins de dix jours, sa vie avait été mise à sac, sauvagement balayée par une puissante tornade ravageant tout sur son passage. Depuis l'annonce de ce foutu voyage en Inde, tout ce qu'il avait tenté de garder à distance lui sautait au visage. Son mariage mal raccommodé. Sa lâcheté. Ses voyages. Bali. L'amour. Il avait besoin de réfléchir, de faire le point.
Il ne put cacher la vidéo à son père. Le vieil homme hirsute, mal réveillé, s'était penché au-dessus de l'épaule de son fils. Il hurlait qu'il ne comprenait pas comment on en était arrivé là, qu'il était dingue que l'entreprise créée par son grand-père se retrouve dans une pareille histoire de fous, qu'il fallait, de toute urgence, faire quelque chose… enfin il se tut et interrogea son fils des yeux.
Marc ne dit rien mais prit les choses en main. Il enjoignit son père de s'habiller et de boucler sa valise. Ils devaient partir. Maintenant. Pierre irait au commissariat, il montrerait la vidéo au brigadier

Duclos. Il raconterait que son fils avait à faire, qu'il prendrait bientôt contact avec eux mais, surtout il expliquerait que son fils s'était rendu chez lui dans la nuit et que quelque chose n'allait pas. Il leur demanderait de se rendre sur place. Question de vie ou de mort. Pierre ne dit mot, il s'exécuta. Il ne le questionna pas sur l'origine de la vidéo, ne lui demanda pas où il se rendrait pendant ce temps, pourquoi il ne l'accompagnait pas tout de suite à l'hôtel de police et ne voulut aucune précision sur ce que son fils vit chez lui au milieu de la nuit. Il récapitulait ses missions, maugréant que tout ça n'était plus de son âge. Son naturel râleur, conquérant, solide, s'était transformé sous le joug de l'horreur. L'homme avait vieilli. Il n'était plus aussi combatif. Leur relation père fils mal construite, faite de silences et de doutes, de non-dits et de rapports de force, à peine recollée par les affres du chagrin et par les enjeux économiques d'une entreprise à bout de souffle, supporterait-elle pareille tourmente ? Déjà, à mesure qu'entre eux s'installait une nouvelle forme de confiance, les rapports semblaient s'inverser. Un sentiment naissant, inconnu, grâce auquel l'un et l'autre se sentaient enfin capables de déposer sa vie entre les mains de l'autre.

En route, Marc pensait à ce que son père ressentirait en découvrant le corps d'Eva. Il savait qu'en arrivant sur la scène d'horreur il aurait un choc terrible. Mais la police saurait l'accompagner dans la découverte macabre. C'était son job. En décrochant

le corps de son épouse, ils permettraient à ce qui en restait de trouver la paix, une dernière et ultime paix du corps, espérant que son âme parvienne ainsi à s'envoler vers d'autres sphères.
S'il n'expliqua pas où il allait, c'était parce que c'était trop intime. Pierre ne comprendrait pas. En d'autres temps, l'entrepreneur retraité se serait peut-être même esclaffé, mais en de pareilles circonstances, il aurait plutôt explosé en une colère noire. Une colère justifiée, d'autant qu'il leur était impossible de savoir jusqu'à quel point ils étaient surveillés, jusqu'à quel point les ravisseurs de Jacques et les meurtriers d'Eva les pistaient. Ils savaient que Marc venait de rentrer d'Inde et ils savaient qu'il était passé chez lui. Ils savaient qu'il venait de découvrir le corps d'Eva pendu. Ils savaient. Mais surtout, ils le savaient presque en temps réel. Marc sentait que sa vie était en danger, que celle de ses proches était menacée, il sentait qu'on l'observait de loin, de près… Et chaque apparition publique, chaque pas à l'extérieur, le rapprocherait du moment où il ne pourrait plus se défiler. Mais il était trop tôt, il avait besoin de réfléchir, de poser les choses pour décider de la stratégie à adopter. D'ici là, pas question de flâner à découvert dans les rues du cœur de ville. Pas question de prendre un café en terrasse, place de la Libération. Trop risqué. Mais il devait y aller. Et, pour parvenir à destination, il lui faudrait traverser la ville, emprunter le petit pont du Prieuré surplombant le Gers et remonter les pousterles, ces

petites ruelles ascendantes typiques du cœur historique. À peine quelques centaines de mètres le sépareraient encore du point à rallier. Bloqué derrière un camion en livraison, Pierre tenta encore de sonder son fils. En vain. Pour toute réponse, Marc se contenta de répéter : « J'ai à faire. Toi aussi. On se retrouve plus tard. Arrête-toi là, au carrefour. Je ne veux pas que tu aies à mentir si on te demande où je suis. » Pourtant, quand Marc descendit du véhicule alors que son père semblait s'être résigné au silence qui avait suivi la demi-réponse de son fils, hésitant, il l'interrogea encore : « Nous n'avons jamais parlé de ce que tu avais fait pendant tes longues années… d'absence… nous sommes plusieurs à nous demander… si… oui… tu sais… et Juliette comme moi… nous nous posons la question… aurais-tu pu faire quelque chose à l'époque… ? »

Derrière Marc, déjà sorti, la portière claqua. Il se souvint alors de la première phrase, qu'encore adolescent, il avait écrite. Une jolie phrase tracée en pleins et déliés à la plume dans le haut d'un de ses carnets d'écrivain débutant. La seule dont il avait été fier, celle qui aurait dû ouvrir le roman de sa vie. Roman que jamais il ne finit. « Quand un cœur valeureux s'avance sur son chemin de vie, les astres s'alignent et lui ouvrent la voie. » Cette phrase, il l'avait recopiée et affichée, écrite et murmurée, hurlée et chantée, ici, là, sous l'eau et dans les cieux. Cette phrase, il l'avait encore réécrite sur la deuxième page du dernier carnet où il avait consigné les quelques mots qu'il s'était à lui-même adressés… pour ne pas oublier. Et, à Delhi, alors qu'il attendait Surya qui organisait son retour, il l'avait retrouvée. « Ainsi, se dit-il, si je suis la logique de l'écrivain que je rêvais d'être un jour, ces événements doivent avoir un sens. » Un sens dont il ne découvrirait que plus tard la direction car le chemin est une machine pensante qui ne révèle son sens qu'une fois foulé. À cet instant, il aurait parié l'univers que les éléments allaient se liguer bientôt pour l'accompagner vers sa destinée. Un voyage qu'on lui imposait, un carnet qui se réinvitait au moment où son passé entrait sans frapper. Les événements s'enchaînaient pour l'obliger à se regarder en face. Indubitablement, il devait plonger à cœur perdu dans ce que, jusqu'à présent, il avait pris soin d'oublier. Sa théorie se confirma. Il avait besoin de discrétion pour se rendre à destination et les astres ensoleillèrent son chemin d'une chance inespérée. Les ruelles se révélèrent encombrées d'étals colorés, de promeneurs distraits, des cris des poissonniers et des maraîchers, de jeunes parents accaparés par leur poussette tombée du ciel, de parfums de pain frais et de volailles rôties dans les grils du Parnasse, du bric-à-brac de marchands et de camelots en tous genres, de nombreux fromagers, de bouchers, de bouquinistes, de friperies, de ménagères et de leurs cabas. À Auch, le jeudi, c'était jour de marché ; l'idéal pour se faufiler entre les parasols des étals et les ruelles médiévales du centre. Mieux que la manne des cieux, un marché odorant et sonore.

Chapitre 12

Jamais, pendant toutes ces années, il n'avait éprouvé le besoin d'aller se recueillir à l'église. Sainte-Marie, il n'y avait pas remis les pieds depuis sa communion. Ce matin-là, il ressentit pourtant le furieux besoin d'énergie et de sacré. Il avait soif de retrouver ses esprits, la mémoire, le sens de la marche à suivre et, finalement, presque la vie. Or, à Auch, pas question d'aller voir le soleil se lever sur le Gange ou sur les temples d'Angkor, il irait à Sainte-Marie.

Enfant, il avait suivi le parcours classique d'un fils de bonne famille. Drapé d'une robe de baptême et de langes frais, ses parents lui avaient organisé une grande cérémonie pour célébrer son entrée en catholicisme. Il avait été le rejeton unique d'un important notable de province, alors plus par habitudes mondaines familiales que par convictions profondes, ses parents l'avaient ensuite inscrit aux leçons hebdomadaires de catéchisme. Une dizaine d'années plus tard, ils avaient encore invité par deux fois le gratin local pour s'assurer que la hotte aux cadeaux serait à la hauteur de leur statut social, tant pour l'eucharistie que pour la solennelle. Marc avait répété religieusement les enseignements du Christ, avait excellé dans le jeu des questions pour un champion d'histoire catholique, sans pour autant n'y rien comprendre. Du par cœur, aussitôt récité, aussitôt oublié.

Pour son père, l'unique Dieu qui existait était celui qui l'aidait à signer de juteux contrats. Le reste n'était que balivernes et le travail seul permettait de faire sa place au soleil. Entrepreneur, bâtisseur et directeur d'usine atypique, Pierre Delvingt était un « communiste de droite ». Un homme solide qui avouait volontiers vénérer les propos de Marx, tant sur le point religieux qu'économique, à condition d'un côté de ne pas se priver de l'intérêt social des regroupements mondains qu'implique le premier et, de l'autre, de ne pas se limiter aux propos égalitaires en termes de redistribution des richesses aux salariés. Régulièrement, au cours des dîners familiaux et jusque dans les entrepôts de la Confiserie, il citait et paraphrasait sans vergogne les idées du théoricien socialiste. À la sortie de l'église, quand son épouse le suppliait - deux ou trois fois l'an - d'assister à l'office religieux, il se gaussait d'un « la religion est l'opium du peuple » destiné aux culs bénis. Au bistrot, il philosophait encore autour d'un ballon de rosé ou de floc partagé avec quelques ouvriers à qui il assénait que « l'émancipation des travailleurs devrait être l'œuvre des travailleurs eux-mêmes », complétant à sa façon « c'est pourquoi chez les Delvingt nous ne devons notre liberté financière – et la jolie maison qui va avec – qu'à notre travail ». Évidemment, il oubliait au passage que le penseur allemand faisait davantage référence à ses salariés, quand il parlait de travailleurs, qu'à leur patron. Salariés qui, accoudés au comptoir en zinc, demeuraient trop intimidés par l'imposant père Delvingt pour se perdre en de bruyants débats qu'auraient pourtant mérités ses propos sulfureux. Le dimanche étant immanquablement suivi par le lundi, inutile de risquer le renvoi pour une joute verbale stérile.

En tirant la lourde porte en chêne du porche de Sainte-Marie, puis en remontant la nef gothique de la cathédrale, Marc Delvingt revoyait son père hurlant de rire en dépeignant les visages mi-consternés, mi-outrés par ses propos tantôt blasphématoires tantôt incitant carrément à la lutte des classes. Si Christiane ne partageait pas les éclats de son époux et n'accordait qu'un crédit limité aux choses de la foi, elle n'en demeurait pas moins proche de la paroisse. La religion, pour la mère de Marc, avait représenté plus une opportunité sociale qu'un véritable engagement spirituel. Elle avait participé aux œuvres de bienfaisance, s'était pliée aux nécessités mondaines et religieuses de sa condition et avait entraîné, à Noël, à Pâques ou encore à l'Assomption, ses hommes pour l'office. Autant dire que, chez les Delvingt, la religion avait moins fermement siégé que les petits arrangements avec la morale.

Adolescent, Marc se décrivit comme un athée existentialiste pour qui la religion était un opium patiné du pragmatisme économique de son père et de l'anticléricalisme radical hugolien. Mais lorsqu'il intégra hypokhâgne, un professeur lui souffla que les forces géopolitiques évoluaient en fonction d'aspects psychologiques et religieux et que si l'on voulait comprendre l'Histoire et les hommes, il fallait commencer par s'interroger sur leurs croyances. La théorie avait marqué l'étudiant en lettres et il s'était mis en tête de comprendre l'humanité et ses croyances pour en extraire l'essence dans des écrits qu'il publierait un jour. Marc voulait se rendre compte par lui-même de l'impact de la foi sur le monde. Il voulait sentir, palper, entendre. Il voulait embrasser par les sens ce que la raison universitaire lui avait froidement offert. Il voulait comprendre l'homme dans sa quatrième dimension, la spiritualité.

Dans sa recherche du Divin, Marc prit son temps. Il avait vingt-quatre ans et la vie devant lui. En traversant chaque continent, en humant quelques mois durant les ambiances, les modes de vie et les énergies, il prit beaucoup de notes, griffonna quelques vers, ébaucha les portraits de personnages à mettre en scène dans une nouvelle ou un roman mais, plus que tout, il erra. Il observa le monde, quittant un univers pour un autre, sans se poser de question, suivant le mouvement des astres et de son cœur. Il refusait de se fixer, abhorrait l'idée de rester figé, de s'enfermer dans une vie plutôt qu'une autre. Il commença par l'Amérique latine, le Brésil et le Mexique, fit un court passage par les États-Unis avant de survoler le Pacifique à destination de l'Asie. Il s'immergea dans chacune des vies et des cultures avec passion. Il aima profondément l'Inde, le Japon, la Thaïlande mais en arrivant à Bali, sa course en avant se ralentit. Il y passa plusieurs mois, y créant de nouvelles amitiés et des habitudes de vie. Il y trouva les réponses à ses questions. Dieu l'attendait là, dans les frissons d'une étreinte, dans l'extase de l'orgasme, dans l'instant du plaisir, dans cet interstice temporel, dans l'éternité. Le sacré. Le Divin. Dieu. Dans les yeux de cette femme, tout avait été possible, envisageable, facile et joli. La vie semblait merveilleuse et infaillible, l'humanité immortelle. L'amour rend l'humanité divine. Amara.

Ainsi, sa religion, il se l'était finalement bâtie à force de sensations, écoutant Dieu lui murmurer la beauté des âmes, lui indiquant le chemin à suivre, le guidant dans les méandres du monde. Dieu, l'énergie vitale, il ne l'avait pas, contrairement à ses parents, réduit à un vague exercice social. En remontant la nef de Sainte-Marie, le visage de Surya vint se fondre dans les traits de son amour balinais. Quelques heures plus tôt, dans les caresses de la guide, il avait à nouveau eu l'impression d'effleurer la main de Dieu. Comme si cette jeune femme, trop jeune pour être son aimée et lui ressemblant pourtant trait pour trait, avait elle aussi porté un bout de l'âme de Dieu en elle.

Marc Delvingt s'assit face à l'autel joliment décoré de lys jaunes fraîchement coupés, inspira longuement, et laissa l'énergie de la pierre centenaire l'envahir. Il se redressa, ferma les yeux et écouta dans le silence du recueillement, l'orgue majestueux qui venait de se mettre à jouer. La faible lueur des cierges, les jeux de lumière des vitraux sur les dalles de l'allée centrale et le souffle profond de l'instrument sacré guidèrent ses pensées. Doucement, tendrement, en contraste parfait avec le choc et la violence de la nuit et de la matinée, l'énergie du divin l'apaisait. Il murmura :

– Cela fait longtemps que je ne t'ai rien demandé… À Toi, ma Vie… la dernière fois, je t'ai demandé un enfant et tu me l'as enlevé… alors tu comprendras qu'entre nous j'ai mis un peu de distance. Je pensais que tu m'avais oublié et voilà que tu entres sans frapper. Non, comme d'habitude, tu n'as pas frappé, tu ne le fais jamais. Tu t'invites et tu changes tout selon ton humeur. Toi, ma Vie, tu te joues de moi, de nous, comme sur les planches d'un théâtre de marionnettes. Mais là, tu as tout détruit sur ton passage… Y compris le visage d'Eva. Elle ne le méritait pas. Pourquoi m'imposes-tu cela ? Pourquoi ?

Un sanglot lui serra la gorge, il tenta de le contenir mais un gémissement de douleur lui échappa.

– Ce matin, ici et maintenant, je te fais la promesse solennelle de reprendre le chemin du destin que tu m'avais choisi, que j'avais accepté avant de m'en détourner. Mais j'ai besoin d'aide. Aide-moi. Aime-moi…

Les yeux clos, les doigts entrelacés en prière, Marc

Delvingt laissa l'Éternel accompagner ses pensées. Au fond, l'orgue martelait de ses gammes en ré mineur un requiem de Mozart et, sous ses paupières, s'imprimait le visage inquiet de son père. Souvenirs, images, sensations réels ou fantasmés entrèrent dans la valse triste de son âme.

Derrière moi, une branche craque. Quelqu'un vient. Je tourne la tête. Madé tangue sur le morceau de bois qui soutient le poids de sa sagesse. Un coup de vent suffirait à le faire s'envoler. Son visage est triste. Meurtri. Ses yeux lui ont été amputés. Ils ont été enlevés. Ses orbites sont vides. Comme Eva. Malgré la moiteur du sous-bois, il tremble de peur. Il s'approche lentement de moi. Je ne peux pas bouger. La vision de cet être défiguré, dont les traits, auparavant si doux, effraieraient le plus valeureux des chevaliers. Dans la douceur de sa présence, nos âmes se parlent. Pas un mot ne sera échangé. Pas un bruit ne viendra rompre l'équilibre délicat de la rencontre. En moi, sa voix résonne. Il me murmure des mots doux et silencieux, des mots tristes. « Tu ne t'es pas même souvenu de nous, de moi. Ce n'est que plus tard que la mémoire t'a ramené à toi. À nous. Ici, dans ce lieu sacré, je savais que tu m'écouterais. Que ton oreille serait attentive. Écoute Marco, je n'ai pas beaucoup de temps et toi non plus. Je ne peux pas m'attarder. Sens-tu leur présence ? Ils s'approchent. Marco, nous avons besoin de toi. Tu ne peux plus te défiler, de toi, de nous et... d'elle. Aujourd'hui, je sais que tu te souviens. Je sais que tu te rappelles jusqu'à mon nom et… celui de ma fille. Tu sais aussi ce qu'ils cherchent. Depuis douze ans, j'ai tenté de te rappeler à toi-même. J'ai tenté de me glisser dans tes songes. Mais tu n'écoutais pas. Tu dois revenir. Pour notre peuple, pour moi, pour Amara, pour Eva… il est trop tard mais tu peux encore sauver Jacques et… Tu dois sauver… la petite fille. Son avenir est entre tes mains. L'avenir est entre tes mains. Nous t'attendons, ne tarde plus. L'heure est venue. »

Une main secoua son épaule. Un vieil homme, petit et fluet, une paire de lunettes rondes sur le bout du nez, costume sombre et chemise claire, le dévisageait. Il ressemblait au sage de son rêve, comme une copie déformée. Sa voix, pareille à celle du Balinais, était douce, chaleureuse. Seules sa peau blanche et sa veste obscure différaient. C'était comme si au réveil Marc se retrouvait nez à nez avec le reflet inversé de celui qui en rêve le guidait. Au cœur, une croix brillait dans la pénombre des bougies de la nef. Un prêtre.

– Tout va bien monsieur ? Vous semblez épuisé. Je peux faire quelque chose pour vous ?

Marc s'était laissé emporter par le sommeil. Sa langue pesait dans sa bouche pâteuse. Ses yeux cherchaient un repère auquel se raccrocher. Son cœur tambourinait. La surprise avait été brutale, le réveil choquant. Il avait rêvé.

– Non merci, père Mangin. Je m'excuse, je dois partir.

Alors que Marc courait déjà vers la sortie, le prêtre surpris s'écria.

– Mon petit Marc, pourquoi ne m'as-tu pas dit que c'était toi ? Reviens mon garçon, reviens. On m'a rapporté ce matin des choses inquiétantes au sujet de la Confiserie !
Il était trop tard, Marc avait disparu dans le faisceau lumineux de la porte de l'église.

2e partie

« La rivière n'atteindrait jamais la mer si les berges ne la contraignaient. »

Rabindranath Tagore

Chapitre 1

Le capitaine Géraldine Gimenez entra dans le bureau de Nicolas Duclos immédiatement suivie du commissaire principal d'Auch. Perdu dans les rapports qui reprenaient les éléments récapitulatifs de l'enquête, le brigadier ne les entendit pas arriver. Le commissaire Blanc, fine psychologue, connaissait ses hommes. Elle savait que, dès lors que Pierre Delvingt était venu raconter qu'une brigade non identifiée avait posé des scellés sur la Confiserie, Duclos s'était pris de passion pour cette affaire. Et, la découverte du corps d'Eva Delvingt se balançant à bout de corde dans le pavillon de la rue Platon, avait fini de le détourner des affaires en cours. Il avait reporté l'audition de témoins clefs dans des histoires pourtant localement sensibles. L'agression avérée de six rugbymen du FCAG et la suspicion de maltraitance sur enfant dans une tour de la cité du Garros, attendraient.

Nathalie Blanc, la voix douce mais le ton tranchant du patron le fit sursauter.

– Vous n'auriez pas envie d'aller respirer quelques jours ? Je ne sais pas moi, allez voir votre mère. Orléans, c'est ça ? Le Val de Loire, les châteaux, la douceur de vivre. Prenez du recul, oubliez ce que vous avez vu et entendu et, comme ça j'aurais la certitude que vous ne traînerez pas dans les pattes des OPJ parisiens qui vont débarquer. À votre retour, vous vous concentrerez sur vos missions en souffrance.

Les gradés ne lui laissèrent pas le temps de répondre. Un congé exceptionnel, doublement signé, venait de lui être signifié. Le papier bleu le narguait sur son bureau. L'ordre était plus que clair. Pas question de discuter.

Il attendit que les talons claquant sur le carrelage s'éteignent totalement, s'assura que personne ne risque de le surprendre et fit une copie rapide du dossier. Toulouse puis Paris avaient été successivement chargés de l'affaire mais jusqu'alors on lui avait fait suivre les éléments relatifs à l'enquête. Les rapports entre les services demeuraient cordiaux et, dans le cas où un indice ou un témoin se présenterait au Commissariat auscitain, les gars devaient pouvoir réagir immédiatement. À peu de chose près, Nicolas Duclos avait donc eu accès à presque l'ensemble des éléments de l'enquête. Alors pour le brigadier, pas question de train pour Orléans. Cette aventure le concernait. En quoi ? S'il était encore bien incapable de le dire, il lui apparaissait cependant impensable de laisser tomber. Et puis, il savait qu'il pourrait compter sur… Jérémy. D'abord, mettre les voiles en prenant soin de ne rien oublier. Il rangea son Sig' de service dans son holster, enfila son Bombers noir et descendit les marches vers la sortie.

Il adressa un grand sourire aux jeunes adjoints de sécurité, une petite brune aux grands yeux bleus

et un solide gaillard d'une vingtaine d'années, qui recueillaient les premiers témoignages à l'accueil. Il laissa la deuxième porte en verre du sas de l'entrée claquer dans son dos, trop content de se libérer de l'air devenu rare du commissariat. Le temps était maussade, un gris opaque semblait envelopper les grilles de la préfecture sur sa gauche, s'immisçant jusque sous la porte de l'entrée ouest de la cathédrale Sainte-Marie qui lui faisait face. Que les pontes se chargent de le renvoyer, comme on disait au rugby, dans ses 22 et que Paris entre en jeu, attestaient que cette histoire se présentait plus ardue qu'il ne l'avait anticipée. S'il voulait continuer d'enquêter malgré la volonté clairement exprimée de ses supérieures de le voir prendre l'air du côté des bords de Loire, il devrait faire preuve d'une extrême prudence.
Il s'installa à l'abri des regards dans un café au coin de la rue Dessoles, commanda un café, disposa sur la table en formica ce qu'il avait pu récupérer. À l'extérieur, quelques passants, pauvres hères esseulés, peut-être déjà morts sans le savoir, erraient parmi les vivants. Les regards et les meurtrissures humaines des badauds donnaient la réplique aux volets défraîchis qui, à l'unisson, semblaient maugréer. Le chagrin n'épargnait pas les habitants de sa petite capitale gersoise. Il était bien placé pour le savoir.

Il saisit la copie de la déposition de Pierre Delvingt rédigée suite à l'intervention inexpliquée des forces de l'ordre dans les locaux de la Confiserie. L'homme qui était dans sa voiture au moment des faits n'avait pas été capable de donner de description précise des hommes. Il avait apporté le mail reçu de Jacques, avait relaté sa journée à attendre que son fils appelle et son inquiétude quant au silence de sa belle-fille. D'un naturel indépendant et hyperactif, avait précisé le patriarche, il était possible qu'elle ait profité de l'absence de son époux pour passer la soirée chez une amie. Duclos aurait préféré que ses suppositions se trouvent vérifiées. Ils avaient fini par avoir des nouvelles de la belle-fille. Elle était demeurée chez elle. On l'y retrouva sans vie. Pendue au milieu du salon.

Après le départ du père Delvingt, le brigadier avait immédiatement convoqué certains des salariés de la Confiserie. Tous répétaient la même chose : ils avaient été éconduits aux abords des établissements Delvingt, par un barrage de police. Seule Juliette, plus matinale, avait eu accès au parking où elle s'était garée presque en même temps que Jacques. Quand le brigadier Duclos lui avait demandé, à son tour, de décrire les hommes, elle avait raconté qu'ils ne portaient pas d'écussons aux épaules mais que, de toute manière, elle aurait été bien incapable de déterminer les grades ou le type de brigade. Seule, la mention POLICE s'affichait en capitales blanches dans le dos de leurs parkas noirs. Suivant le fil de ses souvenirs, elle avait relaté qu'un homme, en civil, probablement d'origine indienne ou mauricienne, petit et fluet, une barrette de moustache sous le nez, avait semblé diriger les opérations parce que les gars autour paraissaient attentifs à ses ordres.

Après les interrogatoires préliminaires, Géraldine Gimenez avait demandé au brigadier d'embarquer un collègue pour jeter un œil sur place. Les enquêteurs avaient constaté le silence régnant, les scellés posés sur les portes des entrepôts et sur celles vitrées des bureaux. Rien ne semblait avoir été emporté. Ordinateurs, machines-outils, chaînes de production, tout était en place. Une perquisition – une vraie ! – ça ne ressemblait pas à ça. Quand une brigade intervenait sur ordre d'un juge au travers d'une commission rogatoire ou lors d'une enquête en flagrant délit, les locaux étaient mis sens dessus dessous. Les unités centrales étaient envoyées au laboratoire de la police technique et scientifique, les dossiers étaient ouverts, les carnets de commandes ou le matériel de fabrication étaient emballés et étiquetés.

Avalant le contenu de sa tasse de café d'un trait, l'officier repensa au déroulement des événements. Deux jours après la visite de Pierre Delvingt au commissariat, l'entrepreneur en retraite avait encore débarqué, assurant que la police devait se rendre chez son fils « question de vie ou de mort ». Les agents avaient visionné la vidéo et le lien avait été envoyé au labo de la PTS de Toulouse. Puis, branle-bas de combat, l'alerte générale avait remué les trois étages du commissariat. En même temps, Nathalie Blanc avait personnellement prévenu le préfet et le procureur. Comment Pierre et Marc Delvingt avaient-ils eu vent de la présence sur les réseaux sociaux de cette vidéo et comment avaient-ils su qu'elle tournait sur la toile ?

Dans la foulée, depuis leur caserne, les Pompiers avaient fait résonner leurs sirènes le long des berges du Gers. Pierre Delvingt était monté dans un véhicule de la police, accompagnant Nicolas Duclos, le capitaine Géraldine Gimenez, un technicien de la PTS auscitaine et les deux autres enquêteurs de la division. Sur place, les berlines du procureur et du préfet stationnaient déjà. Rue Platon, on était entré aisément dans le pavillon. La porte était demeurée entrouverte. Les enquêteurs étaient partis s'habiller. Comme à l'hôpital, ils avaient enfilé surchaussures et combinaisons pour ne pas souiller les lieux d'éléments qui auraient pu interférer dans les analyses de la Scientifique. On s'était employé à suivre la procédure à la lettre et à respecter scrupuleusement la technique de l'escargot, du plus large au plus précis. L'environnement avant le mort, se concentrant, seulement en dernier lieu, sur le macchabée. Le cadavre ne bougerait pas. Eva ne cillerait plus. Alors que chacun des enquêteurs, le proc' puis le préfet y étaient allés de ses constatations visuelles, les flashs des appareils photo avaient crépité. Le représentant local du Garde des Sceaux avait enregistré mentalement les images qui lui permettraient de bâtir ses futures réquisitions. Le magistrat devrait pouvoir décrire avec minutie l'acte de barbarie. Un cadavre énucléé avec une croix gammée sur le front, accompagné d'un enlèvement avéré, de surcroît révélé par la découverte d'une vidéo virale dont les sujets promettaient à demi-mot que l'hécatombe ne faisait que commencer : impossible pour la petite équipe des enquêteurs d'Auch de suivre seuls. L'affaire dépassait les quelque quatre-vingts personnes qui composaient l'ensemble du personnel de la Sécurité publique auscitaine. Il avait fallu envoyer les gros bras. Alors, immédiatement après que les premières constatations avaient été notifiées dans les procès-verbaux initiaux, il avait été décidé que la PJ toulousaine prendrait le relais. En attendant, ils avaient gelé la scène. Et maintenant, c'était Paris qui était saisi de l'enquête.

Les copies des rapports que Nicolas Duclos ouvrit ensuite reprenaient les éléments établis par l'IJ. L'identité judiciaire avait été appelée en renfort des premiers techniciens de la PTS sous-équipés pour passer au peigne fin une pareille scène de crime. Des Experts Miami version réalité, le charme de la fiction en moins. Les empreintes décadactylaires et palmaires, les prélèvements de salive ou capillaire qui furent effectués ne trouvèrent aucune correspondance dans les fichiers techniques du Faed. Sur les photos qui accompagnaient le dossier, on distinguait clairement les repères gradués attestant de la distance séparant les différentes traces de sang, la hauteur des pieds d'Eva depuis le sol, les brisures des vases et des objets renversés, la longueur de corde entre le cou lacéré et le nœud solide, les dimensions des branches de la croix gammée tatouée de sang sur le front. Mais rien de déterminant. En tout cas, rien qui à ce stade attirât la curiosité du brigadier.

Duclos se plongea ensuite dans le rapport du légiste. Le corps, immédiatement rapatrié à l'Institut médico-légal de Toulouse, fit l'objet d'une autopsie minutieuse et prioritaire. En moins de quatre heures, les conclusions étaient tombées, permettant à Jérémy Diaz commandant de la PJ toulousaine de faire suivre une copie numérique du rapport à Nicolas Duclos. Les légères traces vertes qui étaient apparues au bas du ventre de la victime confirmaient que la putréfaction avait commencé. L'apparition entraînant la disparition de la rigidité cadavérique débutait au niveau de la fosse iliaque droite, richement vascularisée et renfermant une flore microbienne importante. Sur le cou, les traces d'abrasion de la corde accompagnées d'un examen minutieux de l'appareil respiratoire confirmaient que la victime était décédée des suites de la pendaison. La température du corps était proche des douze degrés, identique à celle de la pièce. Eva Delvingt avait été tuée depuis plus de deux jours.

72 h peut-être. Peut-être le jour même du départ en Inde de son époux. À moins que... À moins qu'il ne s'en soit chargé lui-même avant de décoller, son voyage de prospection aurait été un mobile en or.
Analysant les données, Duclos pensa qu'il devait encore vérifier et interroger les patients de la dentiste. Avait-elle honoré ses rendez-vous ? Jusqu'à quand ? Qui étaient les derniers à l'avoir vue ? En France, une femme décède tous les deux jours et demi, victime de son conjoint ou de son ex-conjoint. Dans le monde, toutes les vingt minutes. Alors pourquoi pas à Auch ? Pourquoi pas chez les Delvingt ? Marc était peut-être un époux violent ? D'autant que les relevés de la PTS confirmaient que l'assassin était, comme l'entrepreneur, gaucher et qu'il mesurait, comme lui encore, environ 1m80. L'heure du décès concordait, ces premiers éléments renforçaient le trouble. Si on ajoutait qu'il ne s'était pas présenté alors qu'il était dans le coin, prétextant un « truc à faire » sachant visiblement ce qui s'était passé chez lui…, ça commençait à faire lourd. Mais alors pourquoi s'en serait-il pris à son bras droit ? La situation économique de l'entreprise était catastrophique. L'entrepreneur aurait-il été jusqu'à orchestrer un meurtre et un enlèvement pour travestir ses échecs professionnels ?
Le corps présentait de nombreuses ecchymoses, continuait le rapport du légiste, attestant que la victime avait été rouée de coups avant qu'on ne l'attache à la poutre du salon. Mais elle n'avait ni

été manipulée ni déplacée entre son dernier souffle et la découverte par les forces de l'ordre. Était-elle consciente à ce moment-là ? Avait-elle beaucoup souffert ? Le niveau de douleur des victimes torturées ne comptant pas parmi les données froidement mesurables, scientifiques, mathématiques, elles étaient omises des comptes rendus. De l'insoutenable impersonnalité de l'Administration. Les rapports ne précisaient jamais l'étendue de la souffrance des victimes. Ils n'étaient pas là pour ça. Enfin, l'état du visage indiquait que le ou les meurtriers avaient utilisé un objet tranchant pour ôter les globes oculaires des orbites, un rasoir ou un couteau dont la lame avait entamé les paupières et le haut des joues. Aucun objet de ce type n'ayant, à cet instant, été retrouvé, on ne pouvait qu'imaginer le travail de chirurgien débutant. Sordide.

Après la levée du corps, de retour au Commissariat, Jérémy Diaz, commandant de la PJ toulousaine, nouvellement en charge de l'enquête, avait interrogé énergiquement le père Delvingt. Où était passé son fils ? Que foutait-il pendant qu'on décrochait le cadavre de son épouse ? Le patriarche n'avait aucune réponse à fournir. Il était sonné. À de multiples reprises, les officiers avaient tenté d'appeler Marc sur son portable. Il était resté injoignable tout le temps de l'interrogatoire. Le commandant avait failli perdre son sang froid et Nicolas avait pris le relais. Il avait questionné l'entrepreneur en retraite sur les habitudes de son fils et sur ses points de chute. À l'exception de son domicile et des bureaux de la Confiserie, il n'avait nulle part où aller. Il ne sortait jamais, ne pratiquait pas de sport, n'avait que peu d'amis. Même ses interventions à l'école de commerce ou dans les organisations patronales s'étaient réduites comme peau de chagrin depuis des mois, des années peut-être. Selon son père, Marc passait sa vie, jusqu'à son décollage pour Delhi, à travailler pour tenter de sauver l'entreprise. Enfin, le vieil homme avait rappelé sur le ton de la colère, au cas où le collègue de Duclos l'aurait oublié, qu'une brigade non identifiée était intervenue deux jours plus tôt dans les locaux de son entreprise, que ses salariés étaient toujours au chômage technique, que tout le monde était terrifié et qu'il se sentait démuni. Son entreprise en péril, sa belle-fille refroidie, son fils absent, les enquêteurs suspectant… que ça commençait à bien faire et que tout ça était un peu trop lourd pour un homme de près de quatre-vingts ans. En parallèle aux informations officielles que l'OPJ avait notifiées dans le PV, le brigadier avait précisé dans son cahier de notes, que l'homme était abasourdi et complètement anéanti par la brutalité des faits. A priori, son comportement le plaçait donc hors d'état de cause. Restait qu'il était le père de leur principal suspect et qu'ils avaient été ensemble jusqu'au matin. La seule chose que Pierre tut aux agents, c'est qu'ils avaient convenus de se retrouver dès sa sortie du commissariat.

Duclos déposa deux pièces de monnaie sur la table et rangea les dossiers. Il se dit que maintenant que les boss de la PJ parisienne débarquaient, Jérémy Diaz serait pareillement évincé de l'enquête. Or, comme Nicolas, il n'était pas du genre à recevoir ce type de décision avec enthousiasme. Par expérience, tous deux savaient que Paris reprendrait la suite de l'enquête avec le dédain caractéristique des Franciliens à l'égard des provinciaux à l'accent chantant. Pas question de rêver qu'on les tienne informés, encore moins qu'on leur fasse suivre les nouveaux éléments.

Il repensa à sa première rencontre avec le commandant toulousain. Jérémy et Nicolas s'étaient connus en boîte de nuit à Toulouse, ne découvrant que plus tard qu'ils œuvraient tous deux pour la même Maison. Aux jeux de l'amour, Nicolas Duclos était plutôt ouvert aux différentes combinaisons possibles. Pas ou peu de limites, dans le seul respect des uns et des autres. Hommes, femmes, c'était selon les opportunités qui se présentaient. Quand sur fond de hard tech', Jérémy avait entouré de ses jambes musclées la barre de strip au centre de la piste de danse, il l'avait instantanément séduit. Un torse solide, de grands yeux vert émeraude dans lesquels on croyait voir la Terre se refléter et surtout, un cul à tomber par terre. Ils s'étaient plu au premier regard, avaient baisé toute la nuit et, au lever du soleil, les hormones faisaient encore briller leurs pupilles charmées. Incapables de ne plus se lâcher. Pendant plusieurs mois, chaque nuit ils reprirent leurs jeux sexuels et amoureux. Fous l'un de l'autre, rien ne semblait pouvoir les détourner de cette idylle. Rien sauf eux-mêmes, car quand Jérémy partit quelques mois en stage à Paris pour préparer le concours de commandant, les tentations, le goût du risque, la curiosité et les possibilités infinies qu'il découvrit dans les boîtes du Marais, eurent raison de leur histoire. La confiance était morte. La romance n'avait pas supporté que Paris entre dans la danse. Pourtant, quand l'affaire Delvingt se mit à tenir la Une, qu'ils furent tour à tour au cœur de l'enquête, que l'un fut nommé quelques heures pour assister l'autre, ils échangèrent plusieurs confidences sur l'avancée de l'investigation. Ensemble, ils avaient fermé les portes : les rapports du légiste et de l'IJ, la confirmation de la présence de Marc Delvingt sur les vols en partance pour New Delhi - aller et retour -, les ordres de la direction centrale de faire remonter l'affaire à la PJ de Paris, et quand les ramifications avec l'Inde avaient été suspectées l'intervention inattendue et imminente de la PJ parisienne soutenue par Interpol. Encore blessé par cette histoire d'amour trahie, mais le cœur intrigué par les inconnues de l'enquête, Nicolas avait besoin de Jérémy. Son smartphone vibra. « Retrouve-moi dans 30 minutes en bas de l'escalier monumental. J. », pour les agents démis, les astres s'alignaient aussi.

En se levant, il sélectionna, sur le cadran digital de son téléphone, un autre numéro : Tam. Geek assumée, hackeuse dans une autre vie, la jeune femme avait pris ses distances avec le Milieu depuis l'arrivée de sa fille Théa mais, si Nicolas lui demandait, peut-être ferait-elle exception.

– Nico, putain ça fait un bail !

– Je sais… pas trop le temps de te raconter mais… j'ai besoin d'un service.

– Comme d'hab' hein ? Tu n'appelles jamais pour prendre des nouvelles ni des miennes ni de ta filleule mais, quand c'est un macchabée, tu sais décrocher ton téléphone. Toujours plus dispo pour les morts que pour les vivants. Allez balance, qu'est-ce que tu veux ?

– J'ai besoin que tu fasses quelques recherches sur un certain Marc Delvingt, patron d'une confiserie auscitaine du même nom.

– De quel genre ?

– Tout ce que tu pourras trouver sur lui, son père Pierre Delvingt, sa femme Eva Delvingt, les collaborateurs de la boîte…

– Mes services ont un prix…

– Qu'est-ce que tu veux ?

– Que tu rendes visite à ta filleule quand l'enquête sera bouclée.

– Vendu. Dès que tout ça s'éclaircit, je viens vous voir et je vous emmène toutes les deux, manger une glace pleine de chocolat et de chantilly.

– Démago.

Mais, alors qu'il traversait l'esplanade en direction du point de rendez-vous, à l'abord de Sainte-Marie, Duclos croisa le père Mangin. L'homme d'Église, en col blanc et croix argentée sur le cœur, semblait préoccupé.

Chapitre 2

Pierre mit le contact, Marc surgit de nulle part, le col de la veste relevé, le regard fuyant. Il était resté là, dissimulé à scruter les passants, attendant que son père sorte du commissariat. Tremblant, il se glissa dans le véhicule. Ses yeux balayaient encore les ruelles de gauche à droite, un peu comme devant un match de tennis. Il cherchait clairement à éviter d'être remarqué ou à s'assurer que personne ne le suivît.

Après s'être enfui de son banc de recueillement dans la cathédrale, il avait attendu patiemment, errant dans le quartier.

– Tu es là, toi ? On fait demi-tour illico car là-haut, les mecs veulent te parler. T'es pas loin de monter sur le podium des suspects…

– Pas le temps Papa. On file à Toulouse. Tu embrayes et tu prends la quatre voies. Pour une fois, fais-moi confiance, arrête de discuter.

Le patriarche grogna mais obtempéra. Il passa la vitesse, fit grincer le frein à main et prit la direction de Toulouse. Alors que son fils gardait le silence, il relata les échanges, les messes basses, les gyrophares, mêlant les détails macro et micro dans un fil narratif désorganisé d'émotions, de sensations, suivant à peine l'enchevêtrement de sa pensée. Au terme du récit de sa matinée au commissariat, récit malaisé, parfois hésitant ou amer, le vieil homme respira profondément et rappela encore qu'il aurait préféré passer sa pause déjeuner à table plutôt qu'à découvrir le corps balançant de celle qui, orpheline, il avait conduite à l'autel pour épouser son fils. Il profita d'un feu pour observer son rejeton et lui demander :

– Bon, voilà, tu sais tout. Et toi, tu étais où ?

Marc ne répondit pas à la question de son père, se contentant d'un :

– J'espère que tu as ton passeport car ce n'est pas dans les parages que les choses vont se jouer. On part en voyage…

– Alors là, mon bonhomme, il en est hors de question ! D'abord, tu sais ce que je pense des avions. Ensuite, il faut que tu ailles témoigner. Dois-je te rappeler que ta femme est, à l'heure actuelle, dans un tiroir de la morgue ? Que Jacques est passé à tabac par une bande de malades... que... que…

– Arrête, je sais tout ça. Pour une fois dans ma vie, fais-moi confiance.

Tout juste vingt-quatre heures après avoir récupéré Marc de retour de Delhi, la vieille Citroën reprenait le chemin de Blagnac. Le moteur hurlait, chaque centimètre carré de la carlingue tremblait. Avec la vitesse, la capote grinçait, comme l'annonce sonore d'une catastrophe imminente ; le morceau de tissu plastifié menaçant à chaque instant de s'envoler. Dans le brouhaha mécanique, d'Auch à Toulouse, Pierre râla, radota sur les temps anciens, sur l'époque qui ne tournait plus rond, sur ses fils qui ne faisaient rien comme il fallait, sur les travaux qui n'en finissaient plus de grouiller en ville, sur ces conducteurs du dimanche qui feraient mieux de laisser leurs vieilles tôles au garage, sur les feux qui s'empressaient toujours de passer au rouge quand il s'approchait… il déversa le flot des contrariétés liées à l'épisode tragique qu'il venait de vivre sur des considérations moins essentielles, pour se raccrocher à ce qu'il comprenait. De son côté, Marc ne décrocha pas un mot, perdu dans ses pensées. Le quinquagénaire parut tout à coup vieilli, son front s'était creusé, ses yeux cernés. Comme son père, il avait pris dix ans dans la matinée. Seules ses lèvres semblaient murmurer, dans un souffle muet, les mots d'une conversation intérieure agitée. Pas un regard pour Pierre, pas un œil pour la chaîne pyrénéenne déployant à perte de vue ses monts enneigés.

Pierre suivit dans les couloirs, présenta son passeport, se déchaussa, s'agrippa aux rambardes des tapis roulants. Il emboîta le pas de son fils sans rien comprendre au film dans lequel il l'avait embarqué. En entrepreneur paternaliste, Pierre Delvingt s'était imposé à force de succès commerciaux et d'imposantes berlines. Il avait avalé les kilomètres, avait souvent sillonné le Grand Sud, débarquant régulièrement à la capitale. Mais, une fois à la retraite, il en était revenu à ses premières amours, avait vendu ses monstres motorisés et s'était offert une Charleston blanche et verte, aux phares qui semblaient sourire

au monde, aux sièges à élastiques et aux suspensions douteuses. Un jeu de construction pour adulte patient auquel il s'adonnait presque secrètement, dans son garage, entre deux conseils d'administration : réparer, rénover, repeindre sa 2 CV.
Au début des années 80, il s'était parfois laissé tenté par la vitesse du nouveau TGV mais… l'avion, jamais. Il n'arrivait pas à comprendre comment un engin si lourd puisse voler par-delà les océans et ce que l'entrepreneur ne comprenait pas, il l'évitait. L'inconnu effraie toujours. Toute sa vie, Marc l'avait entendu ressasser que l'avion n'était pas un mode de déplacement sûr, qu'en voiture il avait le temps de réfléchir, qu'il aimait voir les paysages défiler, que l'avion coûtait trop cher, que… une liste d'arguments creux pour ne surtout pas admettre qu'il paniquait à l'idée que ses pieds ne touchent plus terre. Et, il avait vieilli. À près de 80 ans, il était persuadé qu'il n'aurait plus à franchir le pas.
Marc demeurait silencieux. Face au hublot, dans l'étrangeté de son reflet déformé, Pierre repensa à Eva, à Jacques, aux collaborateurs. Il revit en pensée les images de la vidéo qu'ils avaient découverte sur le petit écran du téléphone de son fils. Il entendit en lui résonner les mots du brigadier « Restez calme. Nous nous occupons de tout. » Il tenta de visualiser en esprit l'enchaînement des événements : le rond-point de la zone d'activité où les collaborateurs avaient été renvoyés chez eux, les scellés, le moteur de l'estafette de police sortie de nulle part grinçant

sous l'embrayage capricieux, les heures à attendre que Marc appelle, la voix terrifiée de Juliette dans le combiné, l'odeur de détergent bon marché dans le commissariat, l'arrivée de Marc et son air amoureux puis, immédiatement après, l'expression d'horreur, les mains tremblantes et les empreintes de larmes sur le visage de son fils, quand au petit matin, il avait défoncé la porte de leur chambre... Et encore dans le désordre, les mots glaciaux et radicaux de Marc, leur arrivée à Auch, son fils disparaissant dans la foule du marché, l'entrée au commissariat, les initiales PTS... PTS... et les noms qui s'enchaînaient Eva, Jacques, Marc. Eva, Jacques, Marc...

Alors que l'avion s'apprêtait à décoller, Pierre repensait à Christiane. Comme sa femme lui manquait, il aurait aimé sentir la chaleur de sa main et son regard bienveillant. Elle, elle aurait su quoi faire. Quinze ans plus tôt, Marc était rentré en urgence en France après une bonne décennie de vagabondage et d'errance sur la planète, au chevet de sa mère. Sur son lit d'hôpital, les yeux humides, elle lui fit faire la seule promesse qu'il ne tint jamais de sa vie : s'occuper de son père, coûte que coûte. Elle ne lui avait rien dit de sa maladie, refusant de l'inquiéter inutilement dans les lettres hebdomadaires que, depuis des années, elle lui adressait en poste restante. Persuadée qu'invoquer le cancer en en couchant l'existence sur le papier lui donnerait le loisir de proliférer, elle avait gardé le silence. Pourtant, elle avait fini par passer plus de temps à l'hôpital qu'à la maison. Un cancer du sein fulgurant, détecté lors d'un banal contrôle de routine. Les métastases s'étaient dupliquées, gangrenant un à un les organes vitaux et les résultats des examens n'avaient cessé de se dégrader. Quand l'équipe médicale avait expliqué que les chances d'un retour au domicile étaient épuisées et qu'il était temps de mettre en ordre les derniers détails, elle avait fait envoyer un télégramme à son fils ; priant qu'il rentre à temps pour lui dire au revoir.

Sur son lit, amaigrie, la peau presque translucide, le crâne recouvert d'un tissu dissimulant la disparition de sa belle chevelure rousse, ses yeux couverts d'un voile de profonde tristesse, le corps raccordé à une batterie d'appareils clignotants, l'alimentant et maintenant dans ses membres décharnés les derniers souffles de vie, dans cette chambre impersonnelle, d'un blanc désinfecté au karcher et à la javel, elle avait murmuré à son fils des mots d'amour et lui avait fait promettre de veiller sur celui qui, malgré ses absences répétées, l'avait rendue heureuse. Au moins car il lui avait donné un enfant. Un enfant merveilleux. Puis, dans le clair-obscur de la salle de recueillement du crématorium, alors que le cercueil de chêne avait disparu dans la trappe, Marc n'avait pu retenir un gémissement de douleur. Un pétale de rose blanche déposé sur la boîte, au rythme des envolées d'un *poco allegretto* de Brahms. Au revoir, à jamais.

– Je sais que tu ne voulais pas monter dans cet avion, commença Marc, mais il faut un début à tout. J'ai bien fini par diriger Ton entreprise ! Tu ne crois pas que c'est aussi l'occasion pour que tu comprennes qui je suis. Une aventure père fils au bout du monde, qui l'eut cru, hein ? Il fallait au moins ça. Il fallait au moins que le sang tache le projet. T'as remarqué que tout ce qu'on fait ensemble, c'est autour des cadavres de nos épouses ?
– Marco…, je ne suis pas sûr que le cynisme soit bien utile. On ne parle pas d'une femme qu'on a épousée comme ça. Tu ne crois pas qu'on a autre chose à faire que de partir en vacances, là ? Tu fais ton mystérieux pendant que tu m'envoies chez les bleus… tu n'dis pas un mot de tout le trajet et tu décrètes qu'on part ! Pourquoi tu ne veux pas que je reste ici ? Tu crois que... Je suis en danger, c'est ça ?
– J'en suis même sûr mais surtout je vais avoir besoin de toi.
Les pneus arrachèrent leur caoutchouc du tarmac. Alors que l'appareil prenait de l'altitude, Pierre cramponnait ses mains aux accoudoirs, le visage collé à la vitre du hublot, observant la ville s'éloigner. Marc s'expliqua enfin :
– L'histoire remonte loin… Enfin, je crois. Ce qui m'a mis la puce à l'oreille, c'est… la rencontre que j'ai faite à Delhi. Je n'ai pas besoin de rentrer dans les détails, tu as tout de suite compris quand, hier, tu es venu me chercher à l'aéroport. Je ne t'ai pas donné son nom : Surya. Surya Patel. Elle bosse

comme guide pour MyBB, l'agence de voyages spécialisée que vous avez sélectionnée. Elle nous attendait à Toulouse et nous a accompagnés pendant notre séjour à Delhi. À l'instant où j'ai croisé son regard, j'ai failli tomber à la renverse. La ressemblance était si... frappante ! Elle était le portrait craché d'une femme que j'ai rencontré à Bali il y a douze ans. Amara. Juste avant qu'Eva et l'enfant n'aient l'accident.

À l'évocation de cette période, il marqua une pause laissant ses souvenirs remonter à la surface.

Marc et Eva s'étaient vaguement croisés sur les bancs du lycée. Elle réapparut quand il rentra en urgence pour les obsèques de sa mère. Elle le soutint dans l'épreuve, il la remercia en l'invitant dans ses draps. Imperceptiblement, ils se mirent à entretenir une relation régulière, confortable. Puis d'amoureuse, Eva tomba enceinte. Alors que Marc jouait encore les pompiers pour la Confiserie, son père plongeait dans une dépression sans fond. À l'annonce de cette naissance, il était déjà bien enfermé dans le rôle social et entrepreneurial dans lequel il avait fini par se glisser et lui demanda même de l'épouser. Quitte à devenir père, autant que le lot soit complet et que le bébé naisse dans une cellule familiale la plus classique possible. Classique, à défaut d'heureuse. Eva était ravie. Le patriarche aux anges. Les salariés apaisés d'imaginer leur avenir assuré. Dans ce contexte rassurant, au mois de mai 2001, Marc et Eva célébrèrent leur union en grande pompe.

La presse locale fut conviée, les chapeaux et la dentelle s'affichèrent en une, on fit couler le champagne à flots et l'on recouvrit les marches de l'Hôtel de Ville de confettis. Hautement symbolique, le petit anneau d'or qu'elle lui passa, mit publiquement un terme à sa vie de bohème au long cours et marqua l'avènement de l'homme responsable, du notable bien rangé, digne successeur de la famille Delvingt. Au cours des trois années qui s'écoulèrent entre le retour précipité en France au chevet de sa mère et son mariage, Marc Delvingt s'était encore octroyé deux semaines par an pour courir le monde. Deux semaines de vagabondage solitaire, d'errance géographique et spirituelle dans lesquelles il trouvait l'énergie de supporter le reste de l'année. Deux semaines qui lui permettaient d'attendre un repreneur qui ne venait pas, d'accepter sereinement les remarques désobligeantes de son père, vieil homme aigri par la douleur qui n'était plus en état psychologique de diriger l'entreprise - sans pour autant réussir à s'éloigner des bureaux -, et de traiter un à un les problèmes qu'on ne cessait de lui soumettre. Toute l'année, il empilait les dossiers épineux mais, deux semaines par an, Marc Delvingt s'envolait. Il n'y eut que trois voyages. Trois ans. Trois décollages en solo. Un télégramme, un retour précipité, - encore - une nouvelle catastrophe. Eva – grave – accident. Entre ces trois mots s'était glissée la faucheuse. Une faucheuse de liberté. Le premier message l'avait déjà bien écornée, celui-ci la balaya à jamais. Pas besoin de sous-titre. L'accident d'Eva lui coupa définitivement les ailes. Pire, il le paralysa. Marc ne chercha pas le sens de ces événements. Il ne combattit pas. Il attendit. Comme mort. Il mit sa vie entre parenthèses et le voile de l'oubli ternit doucement ce qui lui restait de conscience. Le quotidien de la vie conjugale se chargea du reste, un bistouri expérimenté qui entama sans douleur la chair de ses sentiments.

Le futur heureux événement n'eut finalement rien d'heureux. Jeune mariée rayonnante aux formes arrondies, Eva s'était contentée de traverser à un passage clouté alors qu'un chauffard avait accéléré au rouge. Le choc de la carrosserie percutant la colonne vertébrale fut d'une violence inouïe. L'équipe médicale parvint à la sauver mais le bébé ne vit jamais le jour. Le chirurgien avait été clair. Elle avait retrouvé la vie en même temps qu'elle avait définitivement perdu la possibilité de la donner. Cette grossesse avait été le point d'entrée de leur union, elle devint leur geôle. Mais l'annonce de cette naissance avait changé Marc à jamais. Il s'était révélé impatient d'être père, déjà fou d'amour pour l'être à naître. S'il n'en dit jamais rien, il rêva souvent de son enfant. De sa fille. De ses yeux en amande et de ses sourires. De leurs voyages et de leurs aventures, comme si le monde n'avait plus présenté d'intérêt que s'ils l'avaient partagé. Or, pas d'enfant, plus d'enfant, plus de voyage. Seule solution : l'oubli. Et si besoin, au forceps.

Quand Marc avait reçu le télégramme annonçant l'accident, il était à Bali. Quand on lui remit le morceau de papier, il trembla de la tête aux pieds. Un œil avisé aurait même affirmé que la petite mèche de cheveux argentés qui brillait depuis au-dessus de son oreille gauche apparut à cet instant. C'était la deuxième fois que ces courts messages se succédant, jouaient les augures funestes.

L'entrepreneur chassa ces tristes souvenirs, respira profondément et reprit son analyse.

– Je suis persuadée qu'elle est impliquée. Le concours de circonstances est trop gros. Car au moment même où à Delhi elle se glissait dans mes draps, à Auch Jacques était enlevé, un escadron posait des scellés sur les bureaux, et Eva… ne répondait plus au téléphone. Je ne peux pas croire que tout ça ne soit pas lié.

– Ouais, sauf que dans tout ça tu omets un détail clef. En montant dans le premier vol, alors que la flicaille cherche à élucider le meurtre de ta femme et accessoirement à retrouver ton bras droit, tu deviens leur suspect n° 1. Putain mais tu ne pouvais pas prendre deux secondes pour aller les voir ? Tu étais passé où pendant que je témoignais et que je les accompagnais chez toi ? C'est quoi cette galère dans laquelle tu t'es foutu ?

Après une courte escale à Paris, dans les haut-parleurs grésillant, le vol Paris-Denpasar fut enfin annoncé. Une voix féminine, suave, fragile, invitait les passagers, dans un anglais grammaticalement parfait mais fortement marqué par un accent persistant, à se présenter au comptoir dix-sept pour embarquement immédiat. Comme un seul homme, Marc et Pierre Delvingt se levèrent. Au guichet d'embarquement, l'hôtesse en uniforme compara à nouveau les photos de leur passeport avec leurs mines défaites. Marc manquait de sommeil, Pierre se traînait. Dans un large sourire, elle leur indiqua la passerelle. En la dépassant, ils l'entendirent conclure leur bref échange d'un chantant Selamat Datang. Bienvenue. Les premiers mots d'indonésien que Marc entendait depuis près de douze ans.

Une voix résonna dans l'habitacle. Le commandant Ketut remerciait les passagers d'avoir choisi sa compagnie, leur souhaitait un agréable voyage, assurait qu'il faisait grand soleil à destination et qu'aucune turbulence n'était prévue pour le vol. Alors que Pierre, tout ouïe aux mesures de sécurité, accompagnait par mimétisme le steward expliquant le positionnement du masque à oxygène, Marc repensait aux cauchemars qui tourmentaient ses nuits. Il nota intérieurement que personne n'aborde jamais, dans le détail, le contenu de ses rêves - sans doute parce qu'ils relèvent de l'intime. -, qu'aucun journaliste ne pose ce genre de question « de quoi avez-vous rêvé cette nuit ? ». À la rigueur, ils s'autorisent « quels événements ont forgé votre caractère ? Pouvez-vous nous donner cinq dates clefs de votre parcours... » On affichait la nudité dans les rues, on dévoilait au grand jour des corps dévêtus dans des poses lascives, mais personne, jamais, ne dévoilait le secret de ses rêves. D'ailleurs, poursuivit-il intérieurement, le cerveau lui-même participe à ce jeu facétieux, il en efface la plupart au réveil. Un rêve, ça chamboule, ça fait bouger les lignes, ça peut changer la donne. Sans doute est-ce pour cela qu'il est préférable de les taire, de les enfouir. Mais rien ne se perd, tout se transforme. En nous, lentement mais sûrement, les rêves agissent, frémissent, mûrissent.

Chapitre 3

– Bonjour mon père. Tout va bien ce matin ? demanda Nicolas Duclos.

– Je suis inquiet.

– Quelque chose ne va pas ? Les deniers de la paroisse ont-ils été dérobés ? A-t-on fracassé la boîte des donations ?

– Oh, mon fils... Non, malheureusement, je crois que c'est un sujet bien plus grave...

– Vous avez écouté les infos, c'est ça ? Ce n'est pourtant pas bon pour votre cœur d'homme d'Église.

– Je ne sais pas si j'ai raison de m'ouvrir à vous… Normalement, ce n'est pas ainsi que les choses fonctionnent, murmura-t-il, mais qu'est-ce qui est encore normal de nos jours ? Normalement, ce sont les fidèles qui viennent me parler… Dites, vous ne voudriez pas entrer un instant ? Écoutez… ! le tintement des cloches, n'est-ce pas l'annonce de la confession… ?

– Merci, mais j'ai à faire là… Si vous avez besoin de parler, ne devriez-vous pas plutôt vous en ouvrir à votre supérieur ? Chez moi, les confessions se font dans des salles d'interrogatoires bardées de miroirs sans tain, sous le regard attentif des caméras et les déclarants sont généralement entendus dans des affaires sordides avant d'être incarcérés ou relaxés…

– Oui, se détendit-il, mais c'est au sujet… de… d'un sujet qui vous occupe, vous, la police.

Vous êtes un brave petit. Et, l'Éternel semble avoir guidé vos pas jusqu'à moi. Votre présence ici ressemble à un signe du Divin, une petite intervention – il désigna de son index le ciel. Même si Dieu a autre chose à faire, peut-être a-t-il envoyé un mince clin d'œil pour que nous tentions, ensemble d'éclaircir l'opacité qui s'est abattue sur la cité...
Le brigadier obtempéra et hommes de loi et d'église pénétrèrent le lieu saint. Avec discrétion, Nicolas se signa en humidifiant ses doigts d'eau bénite. Sans déranger les sœurs en prière au premier rang, l'un et l'autre suivirent le déambulatoire, chuchotant pour ne pas déranger fidèles et touristes curieux.

– Je ne sais si cela aura un quelconque intérêt pour vous, mais ce matin Marc Delvingt est passé. Je l'ai surpris assoupi, épuisé et tendu, il était à la place de sœur Simone, au premier rang. Il semblait choqué…
– Tu m'étonnes, Simone ! laissa échapper l'officier de police. Il venait sans doute de découvrir le cadavre de sa femme pendue à bout de corde dans le salon de leur pavillon… une croix gammée sur le front.
– Ce n'était pas une croix gammée, poursuivit le prêtre. Mais un svastika, un symbole essentiel de l'hindouisme.
– Comment ?
– Vous savez, mon fils, l'une des occupations qui comble le vide de nos journées est l'étude. Et particulièrement, l'étude des religions. Le symbole était

représenté dans le journal télévisé à midi.

– Vous pouvez m'en dire plus ?

– Le svastika, expliqua Mangin, est l'un des symboles les plus anciens que l'humanité ait répertorié. On le trouve dès le néolithique. On dit qu'il fut familier aux Celtes, aux Étrusques et aux Grecs et certains attribueraient même son origine aux Atlantes. Toutes les plus grandes civilisations l'ont représenté, de l'extrême Asie, à l'Afrique, en passant par l'Océanie, l'Amérique Centrale, l'Europe du Nord. On en a photographié en Islande, en Mongolie, sur l'Île de Pâques, chez les Maoris, au Gabon, dans les temples mayas, dans le sud d'Israël... Et la liste est loin d'être exhaustive ! Aujourd'hui, il est toujours très utilisé en Asie, où l'Hindouisme et le Bouddhisme prédominent sur les autres croyances, les us et les coutumes. Mais ces représentations sont également nombreuses chez plusieurs tribus indiennes d'Amérique : Navajos, Hopis, Kunas de Panama, qui vont jusqu'à le faire figurer sur le drapeau de leur territoire autonome de Kuna Yala.

– Quelles différences avec la croix gammée ?

– Svastika et symbole nazi, poursuivit le prêtre, sont des croix à branches coudées, formées de quatre « gamma » majuscules, tirés de l'alphabet grec. Or, le svastika, contrairement à son cousin est un symbole de paix et, si pour les différencier, vous pensiez à l'orientation ou au sens giratoire de ses branches vous vous trompez. La croix gammée nazie n'est pas une version retournée ou déviée du svastika. La seule représentation acceptée par les hommes d'Hitler se faisait inclinée à 45°, peinte en noir sur un disque blanc, située au centre exact d'un carré rouge. En Occident, depuis cette récupération, le symbole est devenu tabou et on parle même de l'interdire ! Or il a pourtant joui d'une certaine popularité même sous nos latitudes. Les livres de Rudyard Kipling, au début du XXe siècle, étaient protégés par une couverture qui en portait la marque. On a retrouvé des cartes de vœux anglaises où il fut employé comme porte-bonheur. Et, dans les années 20, certains supports publicitaires émis par Coca Cola l'affichaient ! Les exemples de son utilisation jusque dans les années 30 ne manquent pas.

– N'y a-t-il donc que les groupes néonazis qui l'utilisent en Occident ? demanda Duclos.

– Pour les frères Maçons, répondit-il, nombreux en Europe, le svastika est symbole d'action, de manifestation, de cycle de régénération perpétuelle, on y voit parfois le « tourbillon de la création ». Généralement présage de bon augure, symbole puissamment cosmique, le centre du svastika représente pour les Cherchants en tabliers les forces positives de l'« Univers » dans lequel ils voient l'étoile Polaire, ses branches incarnant les positions cardinales. En dehors de sa valeur de symbole religieux, le svastika apparaît aussi souvent comme motif décoratif architectural, l'art religieux chrétien s'en est beaucoup servi. Je pense par exemple au dallage de la cathédrale d'Amiens, aux minuscules représentations parsemant le plafond de l'ancienne église Saint-Laurent à Grenoble, ou au tombeau de la sainte abbesse Aguilberte en l'église Saint-Paul à Jouarre. Plus près géographiquement de chez nous, rappela le prêtre, le Lauburu basque est une autre forme cousine du symbole, ses quatre branches représentent les quatre têtes de serpent et évoquent la figure de la double spirale.

– Faut-il voir une signification dans l'utilisation du symbole en architecture ?

– Les théories font légions. Dans notre département du Gers, nombreux ont été à s'interroger sur la présence du symbole dans la villa gallo-romaine de Séviac. Mais, dans un couloir à l'entrée de ce qui était une cuisine, on a fini par accepter qu'il ne s'agissait pas d'un symbole ésotérique mais des ailes d'un moulin… ! Il n'empêche qu'on en trouve des représentations partout, sur des fresques de l'église de Rabastens dans le Tarn, sur une stèle gallo-romaine au musée de Toulouse. Dans la région de votre maman où, après que j'ai célébré les obsèques de votre défunt père vous êtes partis vivre, je pense aux décorations murales d'une fresque dans l'une des salles du château de Chambord. Enfin, conclut-il, si le symbole reste surtout vivace en Asie, on l'associe parfois aux rituels magiques des civilisations anciennes…
Comprenant enfin en partie le lien entre la présence

du svastika sur les corps meurtris et le départ en Inde de Marc Delvingt, Nicolas Duclos fut pris de vertige. Un symbole de paix ? Qui, comme l'avait fait Hitler auparavant, se retrouverait ici détourné ? Sans un mot de plus, il abandonna le Père à ses prières. Un rayon de lumière vint inonder son chemin. Il leva les yeux. Les vitraux de Sainte-Marie semblaient enflammer les murs et les allées. Depuis le XVIe siècle, les personnages bibliques d'Arnaud de Moles s'affichaient avec une incroyable modernité. Entre les couronnes de fleurs et de fruits, les textes religieux y chantaient, mettant en musique les scènes de la vie du prophète catholique. C'était comme s'il les voyait pour la première fois. Et, sur le sol, dans l'axe du rayon du soleil qui inonda la nef, dans un nuage de poussière et de lumière apparut le spectre d'un svastika.

En bas de l'escalier monumental, Nicolas apercevait déjà Jérémy Diaz. En descendant, au niveau de la statue de D'Artagnan, le brigadier marqua une pause. Comme si, la dernière phrase du prêtre, phrase qu'il lui avait lancée alors qu'il franchissait déjà la porte d'entrée, en lui revenant en mémoire, lui coupait les jambes. L'homme d'Église avait hurlé « j'ai oublié un détail, en Inde, le svastika peut aussi être le symbole du Dieu solaire : Surya ». Nicolas Duclos avait reçu ces deux syllabes comme une gifle. Il avait déjà entendu ce prénom.

Chapitre 4

En arrivant à l'aéroport de Denpasar, Marc se dirigea vers la guérite des taxis officiels. Mieux valait passer par là que d'engager un conducteur qui les aurait alpagués à coups de rabais conséquents mais les aurait déposés Dieu seul sait où. Douze ans le séparaient de son dernier voyage. Pourtant sans aucune hésitation, comme si le temps n'avait pas existé, celui qui s'était rêvé en écrivain voyageur, devenu entrepreneur malgré lui, posait ses pas dans ceux qui avaient jadis été les siens. Il évoluait dans cet aéroport, dans cette réalité lointaine, avec un naturel qu'il ne s'expliquait pas lui-même. Il avançait en terre connue, se surprenant même, dès le tarmac, à respirer aussi profondément que si ses poumons s'offraient leur tout premier bol d'air. Son corps parlait pour lui comme s'il le remerciait d'être enfin rentré à la maison. Au comptoir des taxis, il s'entendit enfin saluer les chauffeurs en quête de touristes dans un indonésien limité mais sans accent Selamat Pagi, tolong ke Ubud. Bonjour, s'il vous plaît à Ubud.

L'aéroport Ngurah Rai à Denpasar, unique aéroport international de la plus touristique des treize mille îles de l'archipel indonésien, se situait dans la partie sud de l'île. Installé sur l'isthme ouvrant la presqu'île de Bukit, l'énorme bâtiment, encore en travaux d'agrandissement au moment où père et fils se posèrent, jouait les marchepieds pour les trop célèbres plages de Kuta. Trop célèbres car bien qu'essentiellement fréquentées par les surfeurs du monde entier et courues par les hippies des années soixante-dix comme l'une des destinations, après Kaboul et Katmandou, où tout baba cool digne de ce nom devait avoir traîné ses Pataugas, c'était surtout là qu'avait eu lieu, une année après le dernier retour en France de Marc Delvingt, le 12 octobre 2002, le plus sanglant attentat de l'histoire de l'Indonésie. Trois bombes avaient presque simultanément fait sauter bars et boîtes de nuit bondées, ôtant la vie à plus de deux cents personnes, en blessant au moins autant, Australiens, Américains et Anglais pour la plupart. Marc se souvenait des images sur les écrans des journaux télévisés à Auch et dans le monde entier. À l'époque, il avait encore hésité, s'était longuement interrogé sur les motivations qui le maintenaient en France. Il s'était sincèrement demandé s'il ne devait pas voir dans ces événements tant un signe, qu'un appel à l'aide de son moi profond. Finalement, il avait attendu les premières conclusions de l'enquête et, quand Imam Samudera avait affirmé diriger les hommes qui s'étaient transformés en bombes humaines, qu'il avait pleinement revendiqué les faits, que les envoyés spéciaux des rédactions avaient tourné leurs micros et caméras vers un autre conflit ou une autre catastrophe naturelle, il avait définitivement mis de côté ses doutes personnels et en était revenu à ses préoccupations habituelles plus matérielles, à savoir trouver une solution à court terme pour parvenir à payer les salaires du mois de ses collaborateurs et les factures de ses fournisseurs. À cette période, Amara était souvent venue lui rendre visite en rêve. Comme le font les défunts. Régulièrement, il s'était éveillé au milieu de la nuit, en nage et en larmes, incapable de se rappeler l'enchaînement des images ou des personnages qui étaient venus troubler son sommeil. Du sang, des cris, des corps, du vert à perte de vue et… les traits distincts d'Amara. Puis, peu à peu, les cauchemars s'étaient calmés, laissant la place à d'autres rêves angoissants où les factures et les juges du tribunal de commerce tenaient les premiers rôles. Il avait évité la question indonésienne et s'était replongé dans le travail jusqu'à ce qu'oubli s'ensuive.

En douze ans, les paysages avaient changé. Marc ne reconnaissait presque rien de ce qu'il avait connu par le passé. Sur le bord des routes, des chantiers de construction ne cessaient d'être entrepris et les longs kilomètres où seules les rizières se succédaient étaient devenus rares. Les enseignes américaines s'affichaient en lettres lumineuses, Mac Donald, Starbucks… Les voies rapides avaient remplacé les rues de terre escarpées et le transit s'était intensifié : voitures, scooters et deux roues en tous genres. Ça et là, quelques warungs proposaient toujours paquets de chips et maigres denrées alimentaires aux rares clients. Ces échoppes improvisées, le plus souvent tenues par les personnes âgées, faisaient aussi office de stations-service de fortune où les scooters venaient s'arrêter pour emplir leur réservoir du liquide doré, conservé dans des bouteilles de vodka recyclées. Des artisans, peintres ou sculpteurs, étalaient encore leur production sur les murs et sur le seuil de leurs cahutes. Mais, pensa Marc, à ce rythme-là, Bali deviendrait bientôt un immense parc d'attractions à bas coût pour Occidentaux en manque de loisirs, de beuveries ou de sexe décomplexé et tarifé. L'île des Dieux ressemblerait bientôt aux plages de Phuket ou Koh Samui en Thaïlande, paradis perdus, sacrifiés sur l'autel d'un capitalisme et d'un tourisme de masse dévorant tout sur son passage. Luxuriants paysages naturels et part - devenue négligeable - de l'humanité se retrouveraient gobés par les billets verts. Heureusement, à mesure que le taxi approchait d'Ubud, l'éternelle Bali renaissait. Celle qu'il avait connue, la Bali de sa mémoire, était faite de petits villages et de paysans pauvres, de travailleurs harassés par les longues journées dans les rizières, de la boue jusqu'aux genoux, de fleurs odorantes et de petits paniers tressés dans lesquels les bâtonnets d'encens parfumaient les ruelles, les maisons, les autels, les temples, les tombeaux, ou les carrefours dangereux. Ces offrandes, que les femmes déposaient tout au long de la journée pour apaiser les esprits et apporter prospérité et santé, continuaient-elles de rythmer la journée des Balinais ?

Marc avait eu beau courir la planète, se perdre en balades autour du globe, Bali avait bel et bien été sa destination favorite. Un petit coin du monde qu'il aimait plus que d'autres. Alors, naturellement c'était aussi là qu'il était retourné au cours des trois derniers courts voyages qu'il s'était octroyés après la reprise de l'entreprise familiale. Son premier voyage, sa quête spirituelle, il l'avait menée pendant près de onze ans. Jeune agrégé, il espérait que ces pérégrinations lui apporteraient le sens de l'existence qu'il cherchait, l'inspiration pour écrire et les éléments de compréhension des passions qui agitent le cœur humain. Pour financer ses années d'errance, il avait scrupuleusement économisé chaque centime, jaugeant chaque sou dépensé comme s'il était le dernier. Une fois ses premières économies épuisées, il était parvenu à publier quelques nouvelles tirées des histoires improbables que ses rencontres lui avaient inspirées. Pour la plupart, elles passèrent complètement inaperçues. Et, en plus d'une décennie, il ne trouva jamais le courage de s'attaquer à l'écriture d'un vrai roman. Un roman qui l'aurait installé comme auteur. Un roman qui aurait peut-être changé sa vie. Un roman qui lui aurait sans doute interdit de laisser le quotidien de l'entreprise après le décès de sa mère grignoter ses rêves et sa liberté. Alors autant parce qu'il devait faire durer ses maigres revenus que parce qu'il y trouvait le meilleur moyen de mener à bien le dessein philosophique qu'il s'était fixé, Marc Delvingt avait, le plus souvent, voyagé à pied. Il avait aimé ses heures nomades, ces sourires croisés, le parfum des fleurs, la chaleur des rayons du soleil matinal. Il s'était senti plus vivant que jamais en déroulant les heures au rythme des pas qu'il ancrait dans le sable du désert, dans la boue des rizières, sur le béton des trottoirs encombrés, sur la terre battue des chemins. Un simple sac à dos sur les épaules, il était parti à la rencontre des hommes, des femmes, des enfants, des cultures et des Dieux. À Bali, quand il s'était résolu à traverser la centaine de kilomètres qui séparait le nord du sud de l'île, chaque soir, il s'était invité dans la maison d'un habitant du village que le chef du banjar – la communauté – lui avait désigné.

Derrière la vitre teintée de la berline qui les conduisait à Ubud, Marc Delvingt se souvenait. Il se souvenait que, quand la nuit tombait, épuisé par une journée de marche sans discontinuité, il se présentait à l'entrée d'un village. Très vite, surpris par la visite de cet inconnu, les hommes de la communauté défiante l'encerclaient. Car si les étrangers s'aventurant hors des sentiers sécurisés des hôtels climatisés ou des plages privées étaient rares, plus rares encore étaient les villageois natifs ayant même simplement croisé le regard d'un Occidental. Les mondes cohabitaient sans jamais se voir, rendant pour les hommes du Banjar la visite de ce blanc chevelu plus étonnante qu'un tremblement de terre. Rencontre d'un troisième type. Au cours de ces face-à-face méfiants, alors qu'il était incapable de partager des mots, Marc Delvingt jouait de son appareil photo. En leur demandant de sourire à la machine, la communauté s'apaisait, les craintes s'éloignaient. Le voyageur promettait de faire développer les pellicules avant de revenir pour que les habitants puissent les afficher sur les murs de leurs maisons. Un gage d'amitié qui se voulait sceller à jamais l'image d'un enfant qui serait depuis devenu adulte, d'une grand-mère disparue, d'un couple s'unissant dans le faste des dorures et des colliers de fleurs. Il avait promis et il avait oublié. Il avait fait développer les photos et les avait rangées. L'une d'elles s'était glissée dans le calepin qu'Eva lui avait emballé avant le départ pour Delhi. Un cliché où Amara souriait amoureusement, les yeux pleins d'étincelles. Dans quel état allait-il trouver Kalikut ? Que restait-il du petit havre de paix que Marc avait tant aimé ?

Denpasar n'avait été que la première étape de leur voyage balinais. Une bonne heure les séparait encore d'Ubud, la capitale culturelle de l'île où, chaque soir, les spectacles de danses traditionnelles rivalisaient de beauté pour attirer les touristes et où les galeries de peinture jouaient au coude à coude avec les boutiques de souvenirs. Lovée au cœur de l'île, à égale distance des volcans du nord-est et des plages de sable fin du sud-ouest, la ville n'avait pourtant véritablement gagné sa célébrité que depuis que Julia Roberts y avait incarné Liz Gilbert, l'héroïne du roman Mange, Prie, Aime, adapté en 2010 au cinéma par Ryan Murphy. La ville d'Ubud que Marc Delvingt avait laissée douze ans plus tôt avait beaucoup changé. Il constaterait bientôt que désormais, embouteillages et pièges à touristes y tenaient le haut du pavé. Les touristes affluaient, Américains et Européens pour la plupart, à qui l'on avait vanté cinématographiquement les mérites d'une petite ville tranquille, où la sagesse, l'amour et l'amitié s'animaient le long des chemins et des sentiers serpentant entre les superbes rizières en terrassement. Un portrait idyllique, classé patrimoine mondial de l'Unesco, qui avait transformé le village en destination touristique pour bobos et yogis du monde entier. Un portrait, finalement assez proche de la réalité, sauf pour celui qui était capable de passer outre la première impression de parc de loisir géant. Alors, le voyageur curieux parvenait à passer de l'autre côté du miroir, au cœur même de ce qui avait permis à l'île de gagner son surnom d'île des Dieux.

Une fois arrivés en cœur de ville, père et fils devraient encore négocier une rallonge conséquente pour que leur chauffeur accepte de parcourir la vingtaine de kilomètres supplémentaires jusqu'au village de Kalikut, situé en contrebas des rizières. Et, si Marc recouvrait instantanément ses réflexes de voyageur négociateur supportant mal que les prix flambent, sous prétexte que sa peau était blanche et son accent européen – par définition argenté - il savait aussi que c'était de bonne guerre. D'un côté, la course lui aurait coûté bien plus cher en Europe, de l'autre, l'exercice de la négociation faisait partie des coutumes locales. Le conducteur de taxi se présenta : Nyoman. Marc sourit, évidemment. Amusé, l'ex-voyageur expliqua à son père qu'à Bali, presque tous les chauffeurs s'appellent Nyoman. Il raconta qu'entre Européens, on s'amusait à affirmer qu'on a tous dans ses contacts un Nyoman, sous-entendu un chauffeur ou c'était selon, Nyoman Handy man, un homme à tout faire. En vérité, il aurait aussi pu s'appeler Ketut, Madé ou Wayan. À Bali, il n'existe que quatre prénoms Wayan, Madé, Nyoman et Ketut, et ils sont donnés par ordre de naissance dans la fratrie : Wayan signifie « le premier », Madé signifie « le moyen », Nyoman « le petit » et Ketut « la fin ». Pour les suivants, on reprend le même ordre, mais on rajoute le terme Balik signifiant « repris » donnant, par exemple, Wayan Balik pour le cinquième enfant de la fratrie. Hommes ou femmes, pas de distinction dans les prénoms. D'ailleurs, fit-il remarquer à son père, le commandant de bord s'appelait bien Ketut. Et, compléta-t-il, c'était aussi le prénom de la mère d'Amara. De celle qui avait été un enfant de l'amour et qui en portait le prénom, échappant ainsi aux usages et aux traditions.

Calé dans le fond du siège en cuir moelleux de la berline climatisée, bercé par le ronflement du moteur et par la quarantième symphonie de Mozart qui se répétait en boucle - sans doute l'unique disque de musique pour touristes dont disposait le chauffeur – Pierre Delvingt s'assoupit. Le patriarche ronflait, le cœur de Marc chantait. Les émotions, le départ inopiné, les révélations. Marc Delvingt pensa que, s'il n'avait pas été encore plus en danger en restant à Auch qu'en le suivant au bout du monde, il aurait presque regretté d'avoir traîné son père dans cette histoire. Alors, même s'il savait que le temps était compté, qu'il devait entrer en contact avec Amara et avec la communauté du village au plus vite, il ne pouvait pas non plus continuer de lui demander l'impossible. Il lui proposa de trouver un petit hôtel confortable à Ubud. Ensuite, ils iraient voir ce qui restait du village.

À mesure que la voiture approchait d'Ubud, les paysages changeaient et sa mémoire se réinventait. Quand ils traversèrent le pont surplombant le tumultueux fleuve Ayung, une larme de joie perla au coin de son œil droit. Une larme de joie, de peur, d'inquiétudes et de bonheur. Impossible de démêler le grain de l'ivraie, le bon du mauvais, l'impatience de l'inquiétude. À la fois heureux et inquiet. Dans quel état allait-il trouver le village ? Amara le reconnaîtrait-elle ? Accepterait-elle de lui parler ? Les questions fusaient, contradictoires, encourageantes ou effrayantes, tour à tour promesses de joie ou de peine. Non, elle ne pouvait pas avoir oublié. Impossible. Mais, s'il avait lui-même fini par effacer son image de sa mémoire, peut-être en avait-elle fait autant ? Il ouvrit sa sacoche, y chercha la photo qu'il avait retrouvée dans la chambre d'hôtel entre Auch et Toulouse. Disparue. Plus de carnet, plus de photo non plus. Où était Amara ? Où était-elle ? Et… où était ce cliché qui la représentait dans son kebaya de dentelles, dans son sarong orangé, elle était si jolie. Si douce. Si… Les traits de Surya, dans une vision furtive, effleurèrent également sa mémoire. Que faisait-elle depuis qu'elle l'avait abandonné dans la chambre d'hôtel de Delhi ? Surya et la douceur de sa peau, Surya mais surtout ce qu'elle avait créé en lui. Une piqûre de rappel du bonheur qu'il avait connu précisément ici, douze ans plus tôt, lors de son dernier voyage à Bali. Un court voyage qui s'était terminé par un télégramme catastrophe, quand celui-ci commençait sur fond de scénario de film d'horreur. L'un sur l'anéantissement d'un rêve de paternité, l'autre sur le cadavre énucléé de son épouse et sur le corps tuméfié de son ami d'enfance. L'ombre et la lumière ne peuvent jamais être dissociées. L'univers est construit sur la dualité, les forces s'opposent et se complètent : le jour et la nuit, le féminin et le masculin, le bien et le mal. Les voyages aussi. En posant le pied à Bali, Marc comprenait que, depuis douze ans, il n'avait eu de cesse de trouver de bonnes raisons pour se mettre entre parenthèses : oubliant les mots, oubliant l'amour, s'évertuant à effacer de sa mémoire le goût du bonheur. Laissant le noir l'immerger pour oublier le blanc. En aurait-on forcé l'intensité pour l'obliger à bouger ?

Profondément endormi à ses côtés, Pierre Delvingt ne vit pas les mains de Marc se mettre à trembler à l'évocation de celle qu'il avait tant aimée. Il ne vit pas la larme glissant sur le visage de son fils. Il ne le vit pas se perdre en pensées dans les sentiers du passé, et comme sur la toile d'un écran de cinéma, se dessiner les souvenirs : les visages, les rires d'enfants, la musique des gamelans, les chants pieux au temple, les tenues colorées, les sarongs en batik, les écharpes épaisses en ceintures, les kebayas en dentelles, les étoles dorées des gamines au temple, les cérémonies de pleine lune en bord de mer, les crémations ou le limage des dents, le lever du soleil au sommet du volcan Batur ou son coucher sur le temple de Tanah Lot… Il ne le vit pas non plus, cherchant à dégager son entrejambe, mal à l'aise dans son siège, quand les formes sensuelles de leurs corps bleuis par la Lune de leurs bonheurs nocturnes se rappelèrent à son esprit. Plus Marc s'approchait de Kalikut, plus les souvenirs se ravivaient. Sa mémoire se réveillait. Qu'allait-il trouver au village ? Que serait devenu I Gusti Madé Arya Tisna ? Le guérisseur et vieux sage qui l'avait soigné. Celui qui lui avait ouvert la voie de lui-même. Celui qui avait changé la donne. Celui qui lui avait ouvert le cœur de Bali, avant de lui accorder le cœur de sa fille.

Ils s'étaient rencontrés lorsque Marc traversait l'île à pied. Il s'était blessé la cheville en glissant dans un sentier entre deux rizières. Le sol humide, boueux, le poids de son sac à dos… Une chute banale, une entorse bête, au milieu de nulle part. Dans le silence de la nature, à peine brisé par le chant d'oiseaux invisibles et par le ruissellement des rigoles d'irrigation, il était apparu. Petit homme fripé au sourire édenté, aux yeux en étoile du berger, sur le nez, une paire de lunettes rondes. Alors que les plis de son turban dissimulaient son crâne chauve, sous les manches de sa chemise claire et sous les pans de son sarong en batik, on distinguait un corps décharné. L'homme inspirait confiance. L'énergie qu'il dégageait ravivait. Tonifiait. Égayait. Il avait quelque chose de sacré. À la couleur de son pagne près, Marc s'était dit qu'il ressemblait beaucoup à Gandhi, comme si le guide spirituel indien était venu lui rendre visite. Là, au bout du monde, comme une vision ou une réincarnation parfaite, tout droit sortie de son imagination pour lui venir en aide. Marc Delvingt ne parlait pas encore un mot d'indonésien, encore moins de balinais, langue étrange dont le vocabulaire variait selon les castes. Après plusieurs années, il finit par maîtriser les rudiments de la langue officielle mais jamais ne parvint à retenir un traître mot des dialectes. Quand le vieil homme était apparu, Marc avait tenté de lui expliquer, avec de grands signes les plus explicites possible, l'état de sa cheville. L'homme était parti dans un fou rire. D'abord surpris, agacé même de voir cet énergumène se moquer de lui, Marc n'avait pu résister à la furieuse crise de rires communicative. Le vieux s'était assis à ses côtés, avait massé délicatement le membre douloureux, avait ri encore. Puis, alors que Marc ne s'y attendait plus, le vieux avait bruyamment fait craquer les os de sa cheville. Il s'était relevé, lui avait fait signe de l'imiter. La cheville ne le lançait plus. Il était guéri. Le petit homme l'avait soigné. Il l'avait soigné en riant. Le pouvoir du rire est infini. L'homme avait garé son vélo quelques mètres plus bas. Les échanges verbaux étaient limités, mais ils parvenaient à se comprendre. Les yeux ne trompent pas. Ils marchèrent longtemps entre les rizières, Marc cavalant derrière l'homme qui poussait sa bicyclette. Enfin, le guérisseur l'invita chez lui, dans son balé. Sans le savoir, Marc foulait pour la première fois la terre de Kalikut, le village magique, et franchissait le seuil de la maison natale d'Amara.

« Which hotel ? » demanda le chauffeur de taxi. La question sortit Pierre de sa léthargie. Marc demanda à ce qu'on les dépose au croisement de Monkey Forest et de Jalan Raya, au niveau du Palais et du grand Marché. Ils improviseraient.

Ils s'installèrent à la première table d'un petit restaurant situé à quelques pas d'un croisement bruyant où touristes, scooters, taxis et vendeurs à la sauvette de billets pour les spectacles de danse se succédaient dans le brouhaha des klaxons. Marc choisit l'établissement pour son caractère chaleureux et encore assez traditionnel : mobilier, tables et fauteuils étaient en bois sculptés, de grandes plantes vertes trônaient à l'entrée et, aux murs, d'immenses toiles colorées dévoilaient les charmes de l'art naïf balinais. Ces tableaux mettaient en scène la vie quotidienne, le labour avec les bœufs dans les rizières, les plantations de café en terrasses, les fermes marines des îles voisines, les jukungs ces chaloupes colorées à voiles et à bras de stabilisation typiques, les volcans, les temples enveloppés de poléng, ces tissus hautement symboliques en damiers noir et blanc, les plages escarpées, les combats de coqs, les marchés animés, la foule des deux roues, les divinités et monstres sacrés, les cérémonies rituelles, les offrandes, les palanquins des processions, les fleurs, les paniers tressés, les prêtres en blanc et les artistes, figures indissociables de l'île : musiciens, comédiens, sculpteurs, peintres, danseurs… La vie balinaise dans toutes ses dimensions, avec ses symboles et ses traditions millénaires. Seule concession à la modernité, dans le dos du barman, un écran de télévision déployait les images d'un feuilleton. L'intrigue semblait se dérouler dans une grande ville – Jakarta probablement. Les acteurs enchaînaient les scènes de cris et de bagarre dans l'indifférence générale. On n'écoutait pas la télévision, on lui laissait combler le vide. Le serveur déposa sur la table en bois précieux deux bouteilles bien fraîches de Bintang – la bière nationale à l'étoile rouge. Pierre, après avoir porté le verre de liquide doré à ses lèvres, essuya d'un revers du poignet les restes de mousse de sous son nez et, dans un « ah » de contentement demanda :

– J'avais les oreilles qui commençaient à faner, tellement je rêvais de cette bière. Bon, alors maintenant, monsieur-je-sais-tout, on fait quoi là ?

– La seule chose que je sais, c'est que nous devons retrouver Amara. Je dois savoir.

Dans leur dos, le serveur se débattait avec la télécommande. Il fit défiler les programmes déployant d'autres feuilletons du même acabit, les mêmes cris, les mêmes combats. Les yeux rivés sur le menu, le patriarche tentait désespérément d'imaginer la teneur de ce qu'on lui présenterait dans l'assiette. Son fils poursuivit :

– Je n'ai peut-être pas l'air mais je suis anéanti par ce qui est arrivé à Eva et la seule chose que je puisse te dire, c'est qu'il n'y a que nous qui puissions apporter des réponses à ce qui est en train de se tramer. Évidemment, notre couple n'était pas un modèle de bonheur. Évidemment, me diras-tu, pendant qu'on était sans doute en train de lui arracher les yeux, je batifolais à Delhi… Évidemment que retrouver la photo d'Amara au fond de ma sacoche ne m'a pas laissé de marbre… mais ça n'empêche, qu'à ma façon je crois que je l'aimais. Un amour bâti par la tendresse plus que par la passion… mais c'est de l'amour quand même ! N'importe qui serait traumatisé, toi-même tu ne t'en caches pas. Et puis il y a Jacques… pas question qu'on lui réserve le même sort. Pas question que d'autres continuent de payer pour mes erreurs.

Le patriarche resta silencieux. Pareille tirade ne méritait pas de réponse. Il résisterait à la chaleur… il ferait fi des désagréments du bout du monde. N'avait-il pas - déjà – supporté l'avion ? Marc Delvingt vida les dernières gouttes de la bouteille de Bintang dans son verre et, réduisant la quantité de mots qu'il prononçait, en même temps qu'il baissait le ton et le volume de sa voix, il indiqua du bout du doigt une ligne sur le menu :

– Je te conseille le Nasi Goreng – spécialité locale à base de riz et de légumes frits, tu choisis si tu le veux accompagné de poulet ou de poisson. Tu vas voir, ça tient bien au corps. Ensuite, direction Kalikut.

– Kaliquoi ?

– Kalikut, c'est le nom du village d'Amara.

Une voix appela des cuisines. Le serveur disparut derrière une porte à battants. Marc leva les yeux vers l'écran de télévision. David Pujadas annonçait les titres du journal. En quittant la pièce précipitamment, le jeune homme avait interrompu sa recherche de programmes moins barbants, abandonnant la télécommande sur TV5 monde qui rediffusait le JT de France 2 de la veille. En haut à droite, au niveau du visage de la présentatrice joufflue, une photo du père et du fils devant les bureaux de la Confiserie. Le cliché datait un peu, il avait été pris le jour où la transmission avait été officialisée mais quiconque d'un peu attentif serait parvenu aisément à les identifier. Le journaliste annonça « Histoire sordide à Auch dans le Gers, la Confiserie Delvingt SA dans la tourmente. Alors que l'actuel dirigeant, Marc Delvingt était en voyage en Inde où il s'apprêtait à exporter leurs célèbres Pupilles d'Étoiles, on a retrouvé ce matin, le corps de son épouse, pendu au domicile du couple, les orbites vidées, une croix gammée tatouée sur le front. En parallèle, une vidéo circule sur la toile mettant en scène le directeur des opérations de l'entreprise passé à tabac avec la même croix gammée sur le haut du crâne. Pierre Delvingt, président d'honneur du conseil d'administration et père de l'actuel PDG se serait présenté aujourd'hui au commissariat de police de la préfecture. Marc Delvingt, son fils, reste introuvable. Toute personne disposant de renseignements à leur sujet est invitée à contacter le… » Alors que le journaliste égrenait les chiffres du numéro de téléphone d'une ligne dédiée, les images défilaient : les entrepôts mis sous scellés, la façade de la médecine légale, les camionnettes de la police s'affairant devant leur pavillon, les images d'archives du père et du fils recevant François Morzy, président de République, pour lui présenter leur savoir-faire, les locaux du commissariat… Jérémy Diaz commandant de la PJ Toulouse suivi de Nicolas Duclos, brigadier à Auch, sous les projecteurs des caméras, interrogeaient Juliette chez elle en larmes, tout juste capable de répéter « c'est terrible, c'est terrible, c'est terrible... ». Le commandant toulousain, interviewé devant la préfecture de police, répondait aux questions des journalistes « L'état du salon et les mutilations nous ont immédiatement permis d'écarter la thèse du suicide. La police technique et scientifique est actuellement à l'œuvre. Nous procédons aux analyses dans notre laboratoire et attendons les résultats de l'examen médico-légal afin d'établir les circonstances du meurtre et le profil du ou des responsables. Les seuls éléments que nous pouvons d'ores et déjà communiquer sont que : celui qui a fixé le cadavre à la poutre mesure approximativement 1 m 80 et serait gaucher. Le décès serait survenu il y a plus de 48 heures. » La caméra se tourna vers le visage d'un jeune journaliste qui interrogea l'agent sur les motifs du meurtrier. « Malheureusement, répondit-il, il est trop tôt pour écarter l'hypothèse du crime passionnel ni celle du crime perpétré par un groupuscule à tendance néonazie. Par ailleurs, compléta-t-il, l'ensemble des forces de police, tant la police judiciaire de Toulouse que les agents du commissariat d'Auch sont mobilisés pour retrouver Jacques Cazals, numéro deux des Établissements Delvingt qui, selon toute vraisemblance, aurait été enlevé et serait toujours entre les mains de ses ravisseurs. Bien que les premières constatations de l'enquête restent fragiles. Sans le témoignage de l'actuel dirigeant Marc Delvingt, il compte évidemment parmi nos principaux suspects. » À l'écran, Auch disparut au profit du présentateur souriant à son prompteur, avant d'annoncer « sans transition, le festival des orgues de Barbarie commence aujourd'hui à… »

Le temps pressait. Si dans le restaurant personne n'avait vu leurs visages s'afficher sur l'écran de télévision, Marc Delvingt était maintenant persuadé que leur retour en France était compromis. S'ils ne parvenaient pas à résoudre cette énigme, à trouver comment, depuis Bali, faire libérer Jacques et surtout éviter que d'autres cadavres ne viennent s'ajouter à celui d'Eva, ils seraient immédiatement arrêtés au retour dès le comptoir douanier de Toulouse. Sans doute leur description aurait même déjà été transmise aux autorités locales, qui auraient affirmé que les ressortissants français en question se trouvaient bien sur leur territoire et qui leur barreraient l'accès à l'avion, les guidant vers une autre forme de justice que celle pratiquée en France. Une justice où la peine de mort était encore en vigueur.
L'urgence brûlait aux tempes de Marc. Pierre affolé ne commenta pas les images qu'il venait de voir, se contentant de prendre les choses en main du côté des assiettes. La copieuse portion de riz et de légumes frits avalés, il se leva et lança le mouvement.

– Tu sais Marco, au fond, je suis assez content d'avoir fini par monter dans un coucou. Tu sais… les idées, c'est comme les chaussettes, si on n'en change pas...

Allez, Fiston, debout ! Si comme tu l'affirmes, nous sommes les seuls à pouvoir faire bouger les lignes, il n'y a pas une minute à perdre.

La cuisine balinaise avait fait des miracles. À moins que l'adrénaline générée par les mots de David Pujadas n'ait déjà préparé le terrain. Le patriarche s'était remis à diriger les opérations.

Chapitre 5

Devant le pavillon rue Platon, stationnait une camionnette banalisée. Le véhicule appartenait à la Maison. Sans frapper, Jérémy abaissa d'un geste sec le loquet du battant de la double porte arrière. Deux silhouettes de flics mal éveillés apparurent. Le premier, accaparé par les résidus d'un vieux gobelet cartonné semblait chercher à lire l'avenir dans le marc restant. Le second, hirsute, gardait sur la joue droite les traces d'un sommeil interrompu sur le clavier d'un ordinateur. Dans le fond, un écran scindé en quatre vues du pavillon gardait un œil sur les différentes entrées. Comme pris en flagrant délit d'inattention constatée, les agents se redressèrent en découvrant leur supérieur hiérarchique.

– Pas de panique les gars, souffla Jérémy. On a simplement quelques compléments d'observation à effectuer. Les gradés parisiens nous envoient encore faire le sale boulot !

Pour les enquêteurs illégitimes, l'essentiel était d'afficher un air suffisamment convaincu pour que les collègues ne se rencardent pas. Dans l'hypothèse où les Parisiens ou pire, Nathalie Blanc, apprenaient qu'ils traînaient encore dans le coin, ils entendraient parler du pays. Une fois à l'intérieur du véhicule et à l'abri des regards indiscrets, le ton changea. Plus question de raconter des craques.

Ces deux petits flics-là, comme l'aurait affirmé Pierre Delvingt, n'avaient pas « inventé la poudre à couper le beurre » mais ils sauraient la boucler.

– Écoutez les gars, lança Jérémy. Si on vous demande, vous ne nous avez pas vus. OK ?
– Non mais... Vous déconnez ou quoi ? Vous faites quoi là ?
– Vous me connaissez, je vous expliquerai quand on y verra plus clair, enchaîna le commandant, pour l'instant on ne peut rien dire.
– Attendez là… C'est quoi l'embrouille ? Pourquoi vous ne voulez pas qu'on évoque votre… « passage » ?
– Ordre de : - Nicolas Duclos montra le plafond du véhicule, imitant ce qu'il avait vu faire par le père Mangin.
– Sérieux ?
– Très.
– Qu'est-ce qu'on fout encore ici ? Ils nous ont oubliés à Toulouse ou quoi ?
– Ça, les gars, on l'ignore… Dès qu'on en sait plus, on vous tient au jus, d'ici là, ni vu ni connu. Dac ?
– On se connaît ?

Pour ne pas attirer les regards indiscrets des voisins curieux, le duo passa par l'arrière de la maison. Ils enfilèrent une paire de gants en latex et visitèrent une à une les pièces du pavillon. Ils notèrent intérieurement chaque détail avec minutie, des titres

des revues abandonnées sur le sol du salon ravagé, aux marques des produits de beauté dans la salle de bains. Rien n'avait bougé depuis les premières constatations. La maisonnée semblait endormie. Hormis dans le salon, tout était en ordre, inaltéré, à croire que les propriétaires ne s'étaient absentés que pour la journée.
Quand les enquêteurs pénétrèrent enfin la chambre à coucher du couple Delvingt, leurs pas les attirèrent vers le dressing. Ils firent coulisser les miroirs des panneaux de portes, découvrirent une tringle sur laquelle étaient suspendues des dizaines de chemises bleues et blanches soigneusement amidonnées, des étagères offrant des piles de cardigans au carré, des tiroirs de sous-vêtements savamment organisés. Et, dissimulée derrière d'anciens cartons à chaussures, sur le haut de la penderie, une boîte. Une boîte à biscuits en fer-blanc d'un autre temps. Une boîte au logo de la Confiserie sur laquelle s'exhibait une pin-up des années 50, vantant le produit phare de la gamme avec, comme écrit à la main, le slogan élaboré par Pierre Delvingt au début des années 80, « Mieux que la lune, décrochez-lui la Pupille d'une Étoile ».

Nicolas indiqua la trouvaille à son partenaire : d'un côté, de nombreux carnets scrupuleusement rangés par années, de l'autre une petite bourse en soie aux couleurs bariolées et nouée d'un lacet doré. Alors que le brigadier feuilletait rapidement les agendas, n'y découvrant que de pauvres odes et de faibles sonnets, Jérémy glissa le contenu du sachet dans sa main gantée. Il ne put réprimer un grognement de surprise. Des pierres précieuses : émeraudes, saphirs, rubis - tous étoilés. Comme si des dizaines de pupilles de chats persans les observaient d'outre-tombe.

– La pupille d'une étoile, mon œil ! s'exclama le commandant. L'œil de chat des pierres précieuses oui ! Il doit y en avoir pour un petit paquet de fric ! Tu ne m'avais pas dit que ton mec avait de graves problèmes de blé ? Je dis ça, je dis rien, mais là y'en a pour un paquet de pognon. Dans quelle histoire sordide a traîné ce Marc Delvingt ? Tu ne m'avais pas dit qu'à une période tu le considérais un peu comme ton grand frère par procuration ? Tu crois qu'il nous en cache encore beaucoup des surprises comme celle-ci ?
La deuxième partie de leur plan consistait à rendre une petite visite aux collaborateurs de la Confiserie. Jérémy, qui n'y avait jamais mis les pieds, laissa son ex-amant de flic lui indiquer la route. Avant que l'affaire n'éclate, le Toulousain avait tout juste entendu parler de l'entreprise dans les médias, goûtant au plus une ou deux fois le bonbon fétiche de la gamme. Pour Nicolas, à l'exception d'un rapide passage par le parking au lendemain de la pseudo perquis' fantôme, les souvenirs qu'il gardait de la Confiserie demeuraient ceux de l'enfant

qui accompagnait son père en visite chez son ami. Petit, il se rappelait avoir rêvé souvent devant les cartes postales que Marc envoyait à Christiane et que Pierre lui dérobait pour les afficher dans son bureau. Pierre Delvingt les ajoutait une à une au mur et suivait ainsi les déambulations de son fils au travers des punaises colorées qui égayaient le planisphère dans son dos. Même s'il était incapable de le reconnaître, Pierre avait été éperdument fier de son aventurier de fils. Fier sans jamais lui avouer. Au travers de ces cartes postales, Nicolas aussi rêva. Leur différence d'âge autant que son absence firent de Marc un grand frère idéal. Un grand frère qu'il s'était choisi sur mesure, qui vivait d'incroyables aventures auxquelles lui aussi aurait voulu participer. Un grand frère absent qui ne risquait donc pas de le décevoir. Quand à Orléans, Nicolas apprit que Marc était rentré dans le Gers après le décès de Christiane, il le suivit de loin. Il lut tout ce qui touchait à la Confiserie, découvrant par la presse son mariage avec Eva puis son accident. À son tour, quand Nicolas revint à Auch, il ne chercha pas à le rencontrer, pas même à revoir Pierre Delvingt. Pourquoi ? Parce que ce n'était pas le moment. Parce que chaque rencontre n'est possible qu'au moment où elle doit servir l'histoire, la légende personnelle de chacun. Ni avant ni après. Toujours au bon moment car le présent est la seule opportunité à saisir.

Quand Jérémy éteignit le moteur de sa grosse

cylindrée sur le parking de la Confiserie, Nicolas s'extirpa difficilement de ses réflexions métaphysiques. Le bon moment, il espérait qu'il arriverait bientôt, que le fils Delvingt finirait par se pointer. En chair et en os. Et si possible encore en vie.

Le matin même, après la levée du corps dans le pavillon, Paris avait donné ordre d'ôter les scellés, permettant que l'activité de la Confiserie reprenne. « Aucune raison, avait précisé la note de service, qu'on maintienne une situation qui n'a pas lieu d'être ». Dès le début d'après-midi, les collaborateurs avaient rejoint leur poste de travail. Les lumières avaient été rallumées, les moteurs des machines avaient repris leurs vrombissements et les parfums de chocolat avaient à nouveau embaumé les locaux. Dans les bureaux, le téléphone s'était immédiatement remis à sonner, des gloussements à retentir près de la machine à café et, dans la salle de repos, un vieux transistor avait repris le fredonnement d'airs désuets. Des fenêtres de l'extérieur, rien ne semblait gêner le retour au travail. Le calme d'une journée presque comme les autres. Si l'inquiétude causée par l'absence de la direction était tangible, il régnait pourtant une certaine allégresse dans les couloirs. Cette décision de la PJ parisienne assurait un avenir, même précaire, à leur emploi sur fond de tragédie encore irrésolue. À midi, on avait appris par la télévision que l'épouse du patron avait été assassinée et que Jacques avait été enlevé.

On n'en savait guère plus, sauf que les spécialistes et les professionnels étaient sur le pied de guerre et que l'issue heureuse ne tarderait pas à tomber. Du moins en ce qui concernait Jacques, car pour Eva, il était trop tard.

On pensait que Pierre retapait une vieille 2 CV dans son garage et que Marc continuait sa mission de prospection indienne. On ignorait s'il avait été informé pour son épouse. On imaginait que oui et, dans le cas contraire, que les mauvaises nouvelles arrivaient toujours bien assez vite. On espéra surtout qu'il finirait sa mission et qu'il rapporterait d'encourageantes nouvelles pour l'avenir de la Confiserie avant de laisser le chagrin et le deuil le submerger. En bref, on croisait surtout les doigts pour son emploi. Seule l'absence de Juliette, pierre d'angle de l'entreprise, interpellait. Elle aurait attrapé une mauvaise grippe, ou serait restée au chevet de son fils, marmonnait-on dans les couloirs.

Nicolas Duclos frappa à la porte des bureaux. Personne ne vint ouvrir. Il tira la porte en verre. Un carillon annonça la présence des enquêteurs. Une demi-douzaine d'yeux se tourna vers eux.

– Bonjour messieurs, peut-on vous aider ? chantonna l'hôtesse d'accueil.

– Bonjour. Brigadier Nicolas Duclos, commissariat d'Auch et commandant Jérémy Diaz, PJ de Toulouse. Pardonnez notre intrusion mais…

– Si vous cherchez M. Delvingt, il n'est pas rentré

de voyage, le coupa-t-elle. Et vous n'êtes pas sans savoir que son représentant, M. Cazals, n'a toujours pas été retrouvé par vos services ?
– Effectivement. Les recherches sont en cours.
– Alors, qu'est-ce qui vous amène ?
– Nous aurions besoin de jeter un œil au bureau de votre patron.
– Je ne sais pas si… hésita la jeune femme.
– Si vous êtes habilitée à nous ouvrir ? Vous préféreriez que je passe un coup de fil au procureur, voire que je vous présente une commission rogatoire signée du juge ? Vous ne croyez pas que vous et moi avons mieux à faire ?
– Je… Je… non… excusez-moi, balbutia-t-elle, mais c'est que son assistante, Juliette, n'est pas là non plus aujourd'hui. C'est délicat.
– Quoi ? De prendre des initiatives ?
Sans plus attendre, Nicolas se dirigea vers le bureau de la direction, faisant signe à Jérémy de le suivre. Le fils se serait installé dans le même bureau que le père. Il connaissait le chemin, pas besoin qu'on leur tienne la porte. Troisième à gauche, au fond du couloir. Sur l'écriteau, en lettres d'or : Marc Delvingt – PDG.
Les stores étaient demeurés baissés. Depuis cinq jours qu'il s'était envolé vers Delhi, personne n'avait dû pénétrer dans la pièce. Le bureau était petit mais aménagé de manière fonctionnelle. Des meubles à tiroirs, des penderies de dossiers, des étagères de manuels pratiques : les différentes éditions

du Code du travail rangées par années, des guides de fiscalité, des exemplaires des catalogues des produits de la Confiserie et sur le haut, sur la dernière étagère, une rangée poussiéreuse de recueils de poésie : Lamartine, Hugo, Vigny. La poésie, pensa le brigadier, comme dans les pages des agendas découverts dans la boîte du dressing. Sur le bureau, un sous-main en papier sur lequel étaient griffonnés des chiffres, des numéros de téléphone, des calculs, des noms. Accroché derrière le fauteuil en cuir du dirigeant, un calendrier où la date du 17 janvier était entourée en rouge. Départ en Inde. En moins d'une semaine, pensa Duclos, la vie de Marc avait basculé de manière irréversible. Sur le bureau, trois cadres photo : son père, sa mère, sa femme. Il ne restait plus que le patriarche. Et pour combien de temps ? Ici, à l'évidence, rien ne semblait avoir été changé depuis le départ de Marc Delvingt en Inde, rien d'inhabituel à signaler, aucun indice pour les éclairer ; cette visite se révélait un coup d'épée dans l'eau. Ils devaient chercher ailleurs.

En ressortant, au milieu du couloir, le Toulousain tira son acolyte par la manche vers le bureau de l'assistante absente. L'espace était gai, coloré. Des dessins d'enfants avaient été accrochés aux murs et à leurs côtés, Juliette avait punaisé la brochure pour une agence de voyages « *My BB : make your business bigger.* » qui de son logo en forme de cachet-de-la-poste-faisant-foi promettait un avenir glorieux aux chefs d'entreprise en recherche de nouveaux marchés. Jérémy Diaz décrocha le prospectus et le glissa dans la poche intérieure de sa veste. Près du clavier, on avait déposé le courrier du jour. Au milieu des enveloppes à fenêtre typographiées, une lettre attira leur attention. Le nom de l'entrepreneur y était inscrit à la main, et le timbre comme le tampon attestaient qu'elle avait été postée trois jours auparavant depuis New Delhi. Nicolas jeta un œil en direction du couloir. Pas un bruit. Il en déchira le rabat. À l'intérieur était glissée une photo. Au premier plan, une jeune femme souriait. Une longue étoffe grenat enveloppait son corps menu. Le cœur de Nicolas Duclos s'emballa. Un sentiment étrange de déjà-vu. Non, une certitude. Il la connaissait. Malgré les ridules nouvelles qu'il lui avait vues au coin des paupières, elle gardait des traits fins. Seule l'expression de ses yeux lui sembla très différente. Moins douce qu'ici, plus dangereuse. Le brigadier retourna le cliché. Au dos, la même écriture que sur l'enveloppe « Le Soleil a rendez-vous avec la Lune. 24.01 ».

Chapitre 6

Marc avait besoin d'un signe de Madé. Madé, le père d'Amara, le Sage du village. Madé qui lui était apparu en rêve. Madé qui défiait les règles célestes des songes. Madé qui y ajoutait des scènes et qui lui avait soufflé, dans le creux de la nef de Sainte-Marie, qu'il devait venir vite, qu'ils l'attendaient, que pour lui et pour le village il était trop tard mais qu'il devait sauver la petite fille. Lui seul pouvait le guider.

Il déposa quelques billets de banque sur la nappe, héla un taxi et chargea les bagages à l'arrière. À la sortie d'Ubud, le chauffeur proposa quelques destinations balnéaires plus en accord avec ce qu'il croyait correspondre aux attentes des Français : Kuta, Seminyak ou même Sanur. Il fit répéter Marc à plusieurs reprises, refusant d'entendre ce qu'il lui disait. Quand enfin il comprit que le Français ne démordrait pas de son idée, qu'il insisterait jusqu'à ce qu'il poursuive sa course en direction de Kalikut, le chauffeur blêmit, ses mains se mirent à trembler, son front à s'humidifier. Dans un anglais approximatif, il conclut d'un :

– Kalikut, no exist. Magic. Danger. Ghost, you know ?

Le chauffeur devait se tromper. Madé ne lui aurait pas demandé de venir en urgence pour les aider.

Marc avait-il eu tort d'écouter son rêve ? Avait-il eu tort de voir un signe dans l'apparition répétée du petit homme ? S'était-il fourvoyé en écoutant son intuition ? S'était-il rendu suspect du meurtre de sa femme par bêtise ? Avait-il embarqué son père dans cette aventure par erreur ?

Le chauffeur ne dit plus un mot, il céda parce que la liasse était prometteuse mais se limita à tenir le volant, à tourner à gauche ou à droite, selon les indications qu'il recevait. Derrière les vitres de la berline climatisée, les rizières s'étalaient à perte de vue. Ça et là, quelques paysans tiraient des bœufs englués dans la boue de leurs rizières jusqu'aux genoux. Une averse s'abattit sur les vallons, une chaude averse tropicale, de ces pluies d'été qui parfumaient la terre et embaumaient la campagne. Du vert, du vert, du vert flamboyant sous une cloche céleste argent.

Quand ils parvinrent au dernier village habité, Marc intima encore l'ordre de tourner à droite après le dernier balé. Le chauffeur s'exécuta mais la route se révéla impraticable, coupée par un tronc immense barrant le chemin qui, autrefois, d'après les souvenirs de l'entrepreneur, l'avait conduit à Kalikut. La végétation s'était développée autour de l'arbre mort et rendait le village inaccessible.

Le chauffeur fit signe qu'il n'irait pas plus loin et que, de toute manière, c'était inutile car il n'y avait rien à voir. « Kalikut, ça n'existe pas. Magie. Danger. Fantômes. » Étrange rébus, sans queue ni tête que Marc n'écoutait plus. Pierre ne saisit pas un mot de la conversation et se limita, en attrapant son petit sac dans le coffre, à imiter son fils. Quand la porte du hayon claqua, le chauffeur regarda Marc et lui murmura qu'il irait, le soir même, au temple pour demander au prêtre de bien vouloir célébrer une cérémonie de purification et de bénédiction. Une cérémonie qu'il espérait suffisante pour les garder en vie.

– Il faut continuer à pied. Notre chauffeur délire. Selon lui, Kalikut n'existe pas. C'est impossible, tu m'entends ? I-M-P-O-S-S-I-B-L-E. Tu restes ici, il n'y a pas plus d'une heure de marche. Je serai de retour avant la nuit.
– Mais Marco, je croyais que c'était une aventure père fils ? Et, à la première difficulté, tu me demandes de rester ? Hors de question, je t'accompagne.
– Les chemins sont escarpés et tu dois nous trouver un coin où dormir. S'il te plaît, ne m'oblige pas à devenir désagréable, pas maintenant. Nous devons nous séparer mais je reviendrais te chercher.
À ces mots, une jeune femme apparut du néant. Ni le père ni le fils ne l'avaient entendue approcher. Déjà, le chauffeur avait fait demi-tour, laissant pour seul souvenir de profondes traces de pneus dans la terre humide. Dans les bras de la jeune femme tout sourire, un nouveau-né gazouillait. Elle fit signe à

Pierre de la suivre et, d'un délicat mouvement du menton à l'attention de Marc, désigna la direction de l'ancien chemin menant à Kalikut. Le sentier fantôme se mourait désormais dans l'épaisse forêt primaire de l'île mais elle le lui indiquait. Comme si elle, elle avait su. Comme si elle, elle avait su qui ils étaient. Comme si elle, elle savait ce qu'ils faisaient ici et, mieux qu'eux-mêmes, ce qu'ils étaient censés y faire.

Le cœur lourd, Marc suivit les vestiges de ce qu'autrefois il avait baptisé l'« avenue de la liberté ». La cheville guérie, il était resté dans le balé. Plus qu'une alternative inattendue au plâtre et aux séances de rééducation, c'était un traitement complet de l'âme et du cœur qu'il y avait reçu : des rires, des sourires, de l'amour. Beaucoup d'amour. Pendant de nombreux mois, il logea dans le balé. Partant vers d'autres destinations parfois, revenant toujours. Et naturellement, au cours de ses trois derniers séjours en solo, c'était encore ici, qu'il était venu se réfugier, se cacher du monde et des obligations patronales. Il débarquait dans le balé comme on rentre à la maison. La famille de Madé, était devenue la sienne. Il voyait chez Ketut, l'épouse de Madé, la douceur de Christiane. Chez elle, il retrouvait les regards, les mots, les caresses d'une mère. Il s'asseyait de longues heures durant dans la cour centrale pour prendre le thé, un intense thé au citron et au gingembre. Là, attablé ou étendu sur une natte, dans ses cahiers de poète maudit, il croquait en de courts textes les visages et les scènes de la vie quotidienne. Pendant de longues heures, assis en tailleur, il écoutait Madé parler d'humanité, de philosophie et de magie.

Puis, il y eut Amara.

Depuis son vingtième anniversaire, Amara vivait à Kuta, la station balnéaire la plus en vogue de l'île, située à plusieurs dizaines de kilomètres du village. Ses parents avaient dû se résoudre à l'envoyer rejoindre les armées de jeunes adultes qui, pour des poignées de riz, œuvrent dans l'industrie hôtelière. Petite femme de chambre, son traitement permettait d'améliorer le quotidien du balé. Les hommes se tuaient à la tâche dans les plantations alentour, les femmes cultivaient le jardin, s'occupaient des poules et du cochon, prenaient soin de la maison et des enfants jusqu'à ce qu'ils soient eux-mêmes en âge de rejoindre les stations balnéaires au service de touristes argentés. Amara ne rentrait que quelques fois l'an pour les cérémonies majeures et, pendant longtemps, Marc et elle s'étaient croisés sans se rencontrer. Pendant près de dix ans, ils jouèrent les enfants alternés de Madé et de Ketut. L'un et l'autre grandirent en enfant unique d'un couple qui s'était rêvé en famille nombreuse. Marc était le garçon qu'ils n'avaient pas eu, Amara, la fille qu'ils ne pouvaient pas garder à leurs côtés.

Malgré ses nombreux séjours dans le balé, ce ne

fut qu'au cours de son dernier voyage que Marc fit sa connaissance. Entre eux, il n'avait fallu qu'un regard pour qu'ils se reconnaissent. La première fois que leurs mains se frôlèrent, ils ne purent plus les détacher. En un battement de cœur, en une seconde, leurs destins avaient été modifiés, confirmés, scellés. L'amour au premier regard dans sa forme la plus soudaine et la plus totale. Un amour comme il n'existe que dans les romans. Absolu. Indéfectible. Éternel. Marc l'avait immédiatement aimée parce que c'était elle. Amara l'avait choisi parce que c'était lui. Ils étaient la moitié perdue l'un de l'autre. Les pièces manquantes de leurs puzzles respectifs. Orphée et Eurydice. Amour et Psyché. Rama et Sita. Indissociables. Nécessaires. Amara avait été celle pour qui le vagabond solitaire avait avoué dans les pages de son carnet « depuis qu'elle est entrée dans ma réalité, je ne me suffis plus ». Marc avait été celui pour qui elle finirait par renoncer à la vie.

Douze ans plus tard, l'entrepreneur courut en direction du bois. À mesure qu'il approchait du lieu où, autrefois, s'était trouvé le village, il se rappelait les heures de bonheur et de joie. À chaque foulée, son cœur s'emballait, ses pas s'accéléraient. Des spasmes secouaient ses entrailles. Il ne pouvait pas croire que le village n'ait jamais existé. Ce n'était tout bonnement pas concevable. Dans sa course effrénée, il hurlait à la vie, à la mort, à l'Éternel. Il hurlait qu'on n'avait pas le droit de lui enlever encore ce qu'il avait de plus beau au monde, qu'ils étaient innocents, qu'il était coupable, qu'ils n'avaient pas le droit de le lui enlever parce que lui, en imbécile malheureux, n'avait pas su en prendre soin. C'était injuste. Inutile. Stérile.

Hurlant, courant, pleurant, le sang lui battant aux tempes, le pas rendu malhabile par ses claquettes en plastiques, il glissa. Il roula dans la boue, sonné, blessé, terrifié par ce qu'il risquait sans doute de trouver. Mais malgré son corps meurtri, la tête menaçant d'exploser, il reprit sa course jusqu'à parvenir à destination. Il se sentait guidé. Sa mémoire amorphe ne répondait plus, mais ses jambes connaissaient le chemin.

Il découvrit une clairière déserte. De village, il n'était plus question et visiblement depuis longtemps. En lieu et place du balé où il avait pourtant vécu, la terre avait été retournée. Le mélange de glaise et de sable rougeâtre dans lequel ses pieds s'enfonçaient laissait apparaître un amas d'os dépareillés.

Chapitre 7

Le soir où le brigadier Nicolas Duclos avait compris que son histoire avec Jérémy était à conjuguer au passé, il avait eu besoin de se changer les idées. Anéanti, il avait ressenti le besoin impérieux de l'ivresse, des basses qui emportent, qui hypnotisent. Il avait erré longtemps avant d'échouer au comptoir d'un club en périphérie. Une femme s'était approchée, lui avait proposé un verre. Aussi loin que remontaient ses souvenirs, ils avaient trinqué, ri, dansé.

Au petit matin, il s'était éveillé au chant des camions ordures, les lèvres collantes de vomi, la bouche pâteuse, le corps bleui d'ecchymoses et l'anus brûlant. Nu, allongé sur un trottoir, à même le bitume, dans les brumes de la descente, il s'était levé avec difficulté, sa tête martelait, son estomac promettant encore de prendre la tangente. Il ne se rappelait pas comment il était rentré, combien de temps il était resté sous la douche à se frotter la peau, quelle quantité de codéine il avait ingurgitée pour assommer la douleur. Il aurait pu porter plainte. Il aurait dû. Mais il aurait fallu assumer le regard du collègue qui aurait pris sa déposition. Un OPJ drogué et violé sur son terrain d'action, impensable. Depuis des mois donc, il s'était essayé à oublier, à enfouir la honte. Il s'était concentré sur les enquêtes mineures que Géraldine Gimenez lui avait confiées, il avait avancé les yeux comme bandés, emmuré dans une tristesse tenace. Il s'était laissé porter en attendant que la vie ne vienne le réveiller à lui-même. Enfin, Pierre Delvingt avait débarqué dans son bureau. Immédiatement, il s'était passionné pour le mystère qui entourait la perquisition de la Confiserie. Énigme qui s'était transformée en affaire de meurtre, d'enlèvement et de disparitions.

Appuyé à la porte du bureau de l'assistante de direction, Nicolas Duclos regarda froidement son collègue. L'apparition de cette femme sur papier photo le ramenait à ce qu'il avait tenté de fuir. C'était elle, aucun doute. Il savait désormais pourquoi il s'était tout de suite senti concerné par l'affaire et que pour avancer dans l'enquête, il devrait laisser les morsures des fantômes de cette nuit le saigner à blanc. Il ne toucha pas un mot des souvenirs terribles qui venaient de le gifler au contact du cliché. Il avait trop peur de voir sa haine l'emporter, son dégoût de lui-même le submerger. La prudence pour seuls feux de brouillard, il tentait de maintenir à distance les certitudes que lui imposait l'intuition. Le brigadier serra les dents. Comment cette nuit terrible se retrouvait-elle liée à l'affaire Delvingt ? Qui était cette femme ? Pourquoi s'en était-elle prise à lui ? Divertissement d'une soirée ou pantin d'os et de chairs dont elle s'était amusée en attendant que le moment arrive de sortir l'argenterie pour le festin du grand soir ? Un accident de la vie qu'il n'avait plus qu'à digérer dans les limbes de ses traumas ? Un dégât collatéral à ensevelir dans les strates denses des chocs de la vie qui modèlent, assemblent ou détruisent ? Coïncidence hasardeuse ou phase d'un plan savamment élaboré ? Pure conjecture malheureuse d'une rencontre ou intimidation d'un agent des forces de police ? Quel rôle avait-il à jouer ? Et quel lien unissait cette femme à l'entrepreneur, au fils d'un des meilleurs amis de son défunt père ? Pouvait-il, raisonnablement éviter d'accabler cette femme, cet être abject qui lui avait ôté tout amour propre ? Ne risquait-il pas de voir son jugement altéré parce qu'il se savait trop impliqué ? Il ne dit rien à Jérémy des questions qui tambourinaient en lui sans y trouver de sens. Il devait mettre des mots sur les blancs, combler les vides et les points de suspension qui le harcelaient sans pour autant toucher mot de cette soirée. Ils poursuivraient ensemble mais seuls, chacun possédant les pièces d'un puzzle qu'ils tentaient de résoudre et dont malgré eux ils faisaient partie. Définitivement, ils avaient besoin d'aide.

Pour commencer, ils devaient en apprendre plus sur les pierres précieuses qu'ils avaient découvertes dans la bourse bariolée du dressing du fils Delvingt. Pourquoi avaient-elles été cachées là ? Que représentaient-elles ? D'où venaient-elles ?
Ensuite, il faudrait qu'ils creusent la piste de l'Inde. Les enquêteurs devaient comprendre comment les Établissements Delvingt avaient sélectionné

l'agence de voyages MYBB. Pourquoi celle-ci plutôt qu'une autre ? Qui était derrière cette organisation et quels liens entretenait-elle avec la Confiserie ? Car à l'exception des premiers éléments éclaircis par le père Mangin qui reliaient les svastikas gravés sur les fronts d'Eva et de Jacques avec la religion majoritaire du sous-continent, rien n'expliquait encore le pourquoi de cette destination.

En matière de pierres précieuses, Jérémy savait à qui s'adresser. Il fit ronfler le moteur, slaloma entre les piétons et les feux, traversa la ville puis les villages, maîtrisant les virages serrés des vallons de campagne avec adresse. Ils étaient comme emportés, poussés par la curiosité de l'urgence. Le décor fusa et les quelque quarante kilomètres qui les séparaient de leur destination défilèrent à toute allure. Enfin, le commandant fit signe à Nicolas de regarder le spectacle qui allait s'offrir à eux. Ils dénouaient le dernier lacet de l'entremêlât sinueux de routes et de chemins quand le spectacle leva son voile. Comme déposé là par la grâce des Dieux, un village tenait l'équilibre sur le faîte d'un vallon. La tourelle d'un château et le clocher d'une église pointaient vers le ciel. Quelques maisonnées semblaient vouloir rester cachées à l'abri des remparts que les herbes folles et les aloès tentaient de grignoter. Les pierres blanches de calcaire prenaient la couleur rosée du soleil couchant. Depuis des centaines d'années, habitants et curieux devaient emprunter le même chemin

étroit pour y accéder. On imaginait sans mal carrioles et chevaux croulant sous les bottes de paille au lendemain des moissons, écoliers des environs rejoignant leurs classes ou pèlerins sur le chemin de Compostelle cherchant le gîte et le couvert, portés par la lourde coquille au sommet de leur bâton. Jérémy et Nicolas y venaient trouver des réponses.
Le commandant passa le porche, laissa gronder son bolide cylindré le long de l'étroite ruelle fleurie malgré l'hiver pour n'éteindre le moteur, qu'une fois parvenus sur la place du château. Une femme sans âge laissa apparaître son visage de rondeurs charmantes du haut de son balcon. Dès que Jérémy eut enlevé son casque, elle laissa exploser sa joie, leur faisant signe de la rejoindre dans l'aile sud du château qu'elle habitait.
Ils s'installèrent autour de la grande table du salon, Jérémy fit les présentations. Les yeux malicieux de Simie passèrent aux rayons x le jeune brigadier. Elle adressa un sourire entendu au commandant puis, de sa main tremblante, leur servit une grande tasse de thé.

– Dis-moi ce qui t'amène, il y a si longtemps que tu ne viens pas me voir. Tout va bien au moins ? Attends un peu, mais tu es cerné. Hum ! c'est ce travail. Ils te mènent la vie dure au commissariat… Non parce que tu vois…
– Je n'ai pas beaucoup de temps Simie… Disons que j'ai besoin de tes connaissances en gemmologie.

– Tiens donc, si je m'attendais à ça… Vous êtes vraiment confrontés à tout ce qui est imaginable dans la police. En te voyant courir dans les rues du village petit, je disais à ton père qu'il te fallait un métier qui bouge ! Je suis contente que tu aies fini par trouver ta voie…

– Cet après-midi nous avons fait une découverte étrange au domicile d'une victime d'homicide. L'affaire semble compliquée…

Elle le toisa un instant. Pas besoin de lui expliquer, elle avait compris. Si Jérémy s'adressait à elle, c'est qu'il n'avait pas la possibilité de demander aux experts de la Scientifique.

Attentive aux détails comme aux silences, Simie avait tant bourlingué qu'elle ne s'en laissait plus conter. De ses aventures de journaliste au long cours, au début des années 70, aux menus conflits qui agitaient aujourd'hui les murailles du village où elle avait fini par poser ses valises, elle avait traversé la petite et la grande histoire avec seule son intuition et son don d'observation pour la guider. Depuis qu'elle s'était finalement installée au village, elle tenait un blog sans concession où elle relatait les aventures de sa jeunesse et commentait l'actualité du village. Passé la quarantaine, sur un coup de tête, elle avait choisi d'embrasser une nouvelle carrière. Pendant de longs mois, elle s'était formée au jargon des gemmologues à Paris et, pendant quelques années, avait œuvré avec talent dans l'industrie des pierres précieuses. Les quelques milliers d'euros qu'elle en avait tirés, elle les avait réinjectés, un à un, économisant chaque sou comme chaque clou, pour rénover l'aile sud d'un château médiéval menaçant de s'effondrer. Si tous les habitants n'appréciaient pas les portraits aiguisés qu'elle dressait de ses voisins sur sa page internet, elle mettait un point d'honneur à pratiquer l'art de la critique dans toutes les acceptions du terme, à savoir virulente ou élogieuse selon le caractère du sujet. Ainsi, elle s'était liée d'amitié avec un peintre, père célibataire de trois enfants qui, discret, s'était installé à l'entrée du village. Elle les vit grandir, les accueillant parfois au château pour d'improbables leçons d'histoire et de géographie faits de récits fruits de sa propre légende ou de son imagination.

Le plus turbulent de la fratrie finit par entrer, au grand dam de son père artiste révolutionnaire, dans la maison Poulaga. Alors que Jérémy cherchait dans la poche intérieure de sa veste la sacoche bariolée, la brochure pour l'agence de voyages tomba sur le sol. Nicolas s'en saisit, laissant son collègue répandre sur la table le contenu précieux de la bourse. Simie se leva, prit une grosse loupe dans le tiroir du buffet.

Alors que la gemmologue observait les pierres une à une, tirait frénétiquement quelques manuels poussiéreux de ses bibliothèques, tour à tour se levant, s'exclamant, fronçant les sourcils, Nicolas Duclos sortit. À l'extérieur des murs de remparts, il composa le numéro de téléphone de l'agence MyBB, indiqué au dos de la plaquette de présentation. Une voix chantante affirma que « le numéro composé n'était plus attribué ». Il fallait s'en douter. Il enchaîna en rappelant Air France. Érica Norma, chargée de clientèle, décrocha dès la première sonnerie. Deux jours plus tôt, c'était déjà elle qui lui avait déjà confirmé la présence de Marc Delvingt sur le vol AF7787. Si le brigadier avait immédiatement eu besoin de confirmer la présence de l'entrepreneur sur le vol pour Delhi, il devait maintenant en savoir plus sur le déroulement du voyage. Dans le combiné, la jeune femme confirma que l'entrepreneur avait bien voyagé sur sa compagnie le lundi 17 janvier et qu'il avait pris un vol retour le jeudi 20 janvier, modifiant son billet retour de plus de dix jours. Comme lui avait expliqué Pierre Delvingt aux premières heures de la journée, quand il avait débarqué pour la deuxième fois au commissariat, Marc était effectivement censé se trouver à Auch à l'instant où ils se parlaient. Sans que l'officier ait besoin de développer, elle compléta « Il a voyagé avec un groupe de cinq personnes. Je vous envoie la liste des noms et leurs coordonnées par mail tout de suite. »

Nicolas Duclos commença par le voisin direct de siège de Marc Delvingt.

D'après les informations transmises par Erica Norma, la carte d'embarquement de Christian Grandjean et celle du patron de la Confiserie indiquaient qu'ils avaient voyagé côte à côte. En deux clics, l'officier trouva les coordonnées de l'entreprise

ariégeoise. Après deux sonneries, une dame dont les modulations de la voix laissaient imaginer qu'elle avait dépassé la cinquantaine déclina en un seul mot l'acronyme LGSA, pour Lunettes Grandjean Société Anonyme, suivi d'un seul trait par son prénom et les formules de politesse :
– Brigadier Nicolas Duclos, police d'Auch.
– Euh... oui. Bonjour… Inspecteur, que puis-je pour vous ?
– Brigadier suffira… J'aurais besoin du numéro de portable de votre patron, Christian Grandjean, s'il vous plaît ? Est-il toujours en Inde ?
La femme ne répondit pas. Elle laissa un long silence gêné s'installer. Et, dans un sanglot, demanda :
– Vous… vous ne savez pas ? Je pensais que c'était pour ça que… que vous appeliez.
– Non, quoi ?
Dans un murmure à peine articulé, elle répondit :
– Il est mort.
Le sourire de Tam, sa fille Théa dans les bras, s'afficha sur l'écran de son Smartphone. Nicolas Duclos ne pouvait pas ne pas prendre l'appel. Il s'excusa platement auprès de l'assistante de la lunetterie ariégeoise et la mit en attente.

– Alors ? lança l'officier sans autre entrée en matière.
– J'avais peur d'avoir un peu perdu la main mais faut croire que c'est comme le vélo… J'ai quelques trucs qui devraient t'aiguiller.
La hackeuse savait faire parler les machines, Nicolas

le savait, Tam était la meilleure. Midi-Pyrénées et son important pôle aéronautique plaçait la région sur la deuxième marche du podium des zones victimes d'attaques cybercriminelles. Free-lance depuis toujours, la Toulousaine n'avait jamais manqué de boulot. Elle avait gagné ses galons dans d'inoubliables collaborations avec la police, ne se privant pas de juteux contrats privés pour les entreprises les plus sensibles de la place. En retrait depuis la naissance de sa fille, elle continuait parfois à donner un coup de main à quelques organisations moins légales autant par goût du challenge que pour arrondir ses fins de mois. Autodidacte, elle aurait décrypté les programmes les plus complexes de la Nasa si l'enjeu en valait la chandelle, entrant en transe dès que les lignes de codes défilaient sur son écran.

Tam expliqua qu'elle avait d'abord creusé du côté de Marc Delvingt, pénétrant sans peine son logiciel de messagerie. Elle précisa qu'il était temps que les patrons de PME apprennent à mieux sécuriser les mots de passe de leurs boîtes mail. « pupilledetoile » n'était pas ce que l'on pouvait appeler un password très secure, un gamin de 12 ans l'aurait trouvé en cours de techno.

Elle trouva dans les archives des messages envoyés à son père, Pierre Delvingt, la copie des enregistrements des entretiens qu'il avait menés lors de son voyage de prospection commerciale en Inde. La geek avait pris le temps d'écouter religieusement les fichiers mp3, de plutôt bonne qualité.

– Quand on écoute le contenu de leurs échanges, dit-elle, on a l'impression que l'Indien et ton mec se sont déjà rencontrés. Je n'arrive pas à te dire où, ni quand, mais ou Cheema – le partenaire – s'est très bien rencardé, ou il connaît ton homme.

– Tu crois ?

– Et bien, plusieurs fois, il l'interpelle de « ça doit vous rappeler des souvenirs » ou « ça doit vous faire plaisir de reprendre le large après douze ans à Auch »… il faisait quoi avant de reprendre l'entreprise familiale ton Marc ?

– Justement, il voyageait.

– Le truc qui m'a mis la puce à l'oreille c'est quand l'Indien lui dit : « vous savez placer mieux que quiconque des produits asiatiques en Europe ! »

– La Confiserie Delvingt n'a pourtant jamais posé un pied à l'international. Autre chose ? demanda le brigadier.

– Au milieu du quatrième fichier, enregistré visiblement après le déjeuner aux alentours de 14 h 45 le 19 janvier, une voix féminine apparaît. Elle n'est ni présentée, ni appelée par son prénom, mais les deux entrepreneurs ne semblent pas surpris de la voir là. Tous deux la connaissent. Marc balbutie quand il s'adresse à elle et l'autre, l'Indien, l'appelle « Darling » ou « Honey » du début à la fin de la visite.

– Un détail qui me permettrait de l'identifier ?

– Elle parle anglais avec un accent qui n'est ni celui d'Oxford ni de Dallas… Un accent plutôt asiatique, tu vois elle roule les R. Mon logiciel de reconnaissance d'accent mouline… Il hésite entre Indonésie, Malaisie et Inde… comme s'il ne parvenait pas à se décider. Très étrange…

Avant de raccrocher, Tam compléta les infos qu'elle avait pu collecter sur les Delvingt en racontant qu'elle était entrée dans le logiciel de prise de rendez-vous d'Eva Delvingt. La dentiste avait fait annuler tous ses rendez-vous depuis le 16 janvier. Et l'alarme protégeant son cabinet n'avait pas été désactivée depuis le 15, confirmant coup sur coup que le médecin n'avait pas assuré de rendez-vous depuis la veille du départ en Inde de son époux.

Chapitre 8

Le choc de la découverte fut terrible. Marc crut tomber à la renverse. Le chauffeur avait dit vrai. Le village n'existait pas. À l'exception de l'immonde charnier à ses pieds, il n'en restait rien, pas même les ruines. Avait-il seulement existé ? Et sinon, qu'étaient devenus les habitants qu'il avait fréquentés, ceux qu'il avait aimés ? Avaient-ils été décimés ? Ces os… Ces tas d'os… Ces morceaux de cadavres décharnés qui s'extirpaient du sol gluant entre ses orteils… Étaient-ils… Étaient-ils… Il ne parvenait pas même à finir sa phrase en pensée.

Soudain, tout lui parut trop clair, trop évident : Madé… Madé, le rêve, les rêves… Le charnier humain, les os, les corps, la forêt… L'entrepreneur prit conscience de l'horreur de la situation, de l'innommable, de l'effroyable. Dans la moiteur du sous-bois, son corps malmené par la chute lui faisait mal, son cœur semblait vouloir s'extraire par la force de sa cage thoracique, son cerveau imploser.

Alors, comme dans son rêve, une main frêle vint se glisser dans la sienne. Une main délicate et douce. La main d'un enfant. D'une enfant. De ses deux billes noires, de son visage crémeux dégagé par un épi, elle le fixait. Puis, du bout du doigt, elle lui indiqua le lointain. Elle pressa son poignet, lui fit signe de partir. Ses traits s'étaient durcis, son sourire s'était évanoui. Elle avait peur.

Pas un instant la petite fille ne lui lâcha la main. L'entraînant malgré lui dans une course à travers bois, elle le guida, lui indiqua les obstacles, les racines, les troncs, les trous. Agile malgré son sarong et ses sandales usées, elle se mouvait dans l'espace avec la légèreté d'un oiseau, la souplesse d'un petit singe. Marc la laissa l'emmener. La suivre lui suffisait à être heureux. Comme une apparition céleste, comme un ange à qui il aurait confié sa vie. En un instant, il avait remis aveuglément sa peau entre les mains d'une enfant d'à peine plus de dix ans.

La fillette stoppa net. Elle se retourna face à l'homme dérouté, le regarda à travers l'âme, longuement, profondément. De ses mains frêles, elle serra fort les poignets solides du quinquagénaire. Elle approcha la droite au niveau du visage de Marc et la déposa sur les yeux cernés. Quand elle l'ôta, ils avaient quitté le sous-bois et se retrouvaient au milieu d'un complexe hôtelier abandonné. À quelques pas, le clapotis de l'eau caressait la grève de ses vagues.

– Bonjour Marc, dit l'enfant. Je t'attendais, tu sais…

– Qui es-tu ?

– Je m'appelle Marie.

– Tu parles français ? Ton prénom est français…

– Oui. Mon grand-père me l'a appris. Il sait presque tout ce qu'un homme peut savoir. C'est aussi lui qui m'a dit de t'emmener ici. Il m'a dit que c'était indispensable.

– Mais où sommes-nous ? Comment sommes-nous arrivés ici ? Il y a un instant nous courions à travers

bois… C'est fou… complètement fou !
– Il m'a dit que tu saurais.
– Visiblement, il s'est trompé.
Marc fit quelques pas. La végétation semblait vouloir avaler les vestiges de l'hôtel de luxe, l'engloutissant doucement de ses branches, de ses lianes et de ses feuilles palmées. Encore quelques années, et les ruines du complexe hôtelier auraient tout à fait disparu. Des rires d'enfant, des bermudas, des maillots de bain, des longues soirées festives, des touristes américains ou européens la peau rougie par le soleil des tropiques, de l'alcool coulant à flots, il ne restait plus rien. À mesure qu'il tentait d'identifier les lieux, Marc se souvenait. Les images mentales qui s'invitaient dans son esprit, entre flash-back et visions floues, n'étaient pas le fruit de son imagination, elles ne se résumaient pas aux clichés révélés par sa pensée, des images qu'il aurait recréées mentalement, inspirées de scènes vécues, de cinéma, de photos sur papier glacé, déterminées par la société et les codes qui l'avait vu grandir. Ces images, ils ne les avaient pas recréées pour se rassurer, ni pour se persuader qu'il connaissait les lieux, ni qu'il n'était pas perdu au bout du monde, au milieu d'un *no man's land* dont il aurait tout ignoré. Non, ces images mentales avaient existé, il les avait vécues. Elles n'étaient pas le fruit de son imagination mais de sa mémoire. Le grand-père de cette étrange petite fille avait eu raison. Marc connaissait les lieux.
– Je te présente Ouistiti. Mon oiseau, l'interrompit

Marie.

– Comment sommes-nous arrivés ici ?

– Tu le sais bien.

– Comment ça, je le sais bien ?

– Tu as vu comme il est beau mon oiseau ?

– Il est en cage.

– C'est une maison.

– Une maison dont il est prisonnier.

– Ne sommes-nous pas tous prisonniers de nos maisons ?

Il avait déjà eu cette conversation. La liberté, l'emprisonnement, le voyage, la maison, soi, les autres, la fuite, le bonheur… Alors que Marc errait entre les bungalows abandonnés, Marie s'assit sur un tronc, gazouillant avec son oiseau, un petit canari jaune bouton d'or qui sifflait *Carmen* au milieu des bois.

– Tu vois, ça c'est moi qui lui ai appris. J'aime beaucoup cette chanson. *L'amour est enfant de bohème, il n'a jamais, jamais connu de loi... Si tu ne m'aimes pas, je t'aime, si je t'aimmmmmmeeee… Prends garde à toi* !

Elle dansait, mimant les pans d'une jupe à froufrous avec son sarong ajusté. Ces déhanchements si particuliers, le jeu des yeux, des bras, des doigts, des mains... Tout à coup il comprit pourquoi le show des danseuses de l'Orissa à Delhi l'avait troublé. Il y avait quelque chose dans l'expression des danseuses de l'est de l'Inde qui ressemblait aux mouvements que réalisait à Bali la petite Marie, des mouvements qu'il avait découverts et instantanément aimés quand Amara l'avait emmené assister à une représentation. L'apparition de Surya et du carnet mis en scène sur fond de spectacle de danse aurait dû l'éclairer. Le temps et l'autosuggestion avaient bien fait leur boulot, enterrant au plus profond de son inconscient ce qu'il avait été, aimé, voulu devenir. Marc devait creuser au-delà de lui-même pour que les souvenirs remontent à sa conscience. Les preuves tangibles, les coïncidences, les rencontres, tout l'univers semblait se liguer pour l'y ramener, mais l'œuvre demeurait ardue, le travail se déroulait lentement. Pourtant Madé l'avait dit, il fallait faire vite. Lui-même l'avait répété, question de vie ou de mort. Eva en avait déjà payé les frais, Jacques la suivrait sans doute bientôt. Et Madé qui, en rêve, l'avait encore invectivé « tu dois sauver l'enfant… » Était-elle, elle aussi, en danger ?

– Comment as-tu pu lui enseigner cette chanson ? Un oiseau est libre de voler et de siffler où et comme bon lui semble, non ?
– Je ne sais pas. J'ai sifflé, chanté, et il m'a imité. Peut-être que c'est juste sa chanson préférée. En tout cas, pas un jour sans qu'il en égaye la forêt. Une fois, je te jure que c'est vrai, j'ai même surpris d'autres oiseaux la reprendre en cœur, comme un chœur symphonique l'accompagnant… C'était fa-bu-leux ! Mais ce n'est arrivé qu'une fois. Et toi, dis, c'est quoi ta chanson préférée ?
Marc ne répondit pas. Il trouvait incongrue pareille

demande au milieu des bois. Il préféra laisser les souvenirs l'immerger. Entre ces bungalows, il avait vécu d'inoubliables nuits. Inoubliables et pourtant il les avait balayées de sa mémoire.

– Tu sais pourquoi je m'appelle Marie ?

– Non.

– Parce que c'est l'anagramme d'aimer. Marie… je veux dire la vierge Marie, est aussi la représentation chrétienne de Saraswati, l'épouse de Brahma, le créateur de l'univers pour l'hindouisme. Saraswati est la déesse des arts. Elle protège les artistes et vogue dans les cieux à cheval sur son cygne blanc.

À ces mots, Marc pensa à Amara. À leur dernière nuit avant le télégramme. À son corps de déesse étendue sur une natte tressée de feuilles de palmiers, ici même. Dans le clair-obscur d'une nuit de pleine Lune, ils s'étaient aimés passionnément. Il avait caressé sa nudité caramel, bleuie par la nuit, où seul un svastika d'or et cœur de saphir étoilé brillait. Puis, il était entré en elle pour que leur corps et leurs âmes s'unissent. Elle avait murmuré « elle sera protégée par Ganesha et Saraswati ». Marc n'y avait pas vraiment prêté attention, trop occupé par les palpitations de son cœur affolé. Il se rappelait maintenant. Saraswati. La déesse. Amara. Amara et son svastika. Un bijou qu'il avait cru unique. Comme elle. Et que douze ans plus tard… il avait découvert au cou d'une autre. Les ressemblances entre ces femmes étaient si frappantes. Ces corps conformes, il les avait aimés, ces beautés il les avait caressées, ces cous délicats auxquels pendaient les mêmes bijoux, il les revoyait... Seuls leurs prénoms et l'éclair de leur regard semblaient marquer la différence. Quand la première était toute douceur opaline, la seconde était rigueur obscure. L'une incarnait la confiance, l'autre le danger.

Le bijou qu'Amara portait en d'autres temps, elle l'avait décroché après que l'orgasme avait fait trembler leurs corps, leurs cœurs et leurs âmes. Elle l'avait ôté et ensemble, dans un dernier rayon de pleine lune, ils l'avaient enterré au pied du tronc d'un hibiscus. En même temps, ils avaient piqué leurs doigts pour mêler leurs sangs, leur passé, leur présent et leur avenir.

Marc Delvingt se rappelait. Cruels souvenirs. La beauté de ses plus belles heures envolées. De ces moments de bonheur qu'il n'avait pas su saisir, protéger. Il courut en direction de l'arbre, arracha les lianes qui le dissimulaient du soleil, caressa les branches où d'imposantes fleurs odorantes ployaient. Il creusa la terre humide à mains nues, réalisant que c'était en vérité un autre travail de fouilles archéologiques qu'il avait, malgré lui, commencé. Un travail minutieux, douloureux dans les strates de sa mémoire. Des fouilles qui le mèneraient à ce qu'il avait profondément et véritablement enfoui. Des fouilles qui expliqueraient à la fois ce qui s'était joué dans le passé et ce vers quoi il devait se diriger pour sauver ce qui pouvait encore l'être de sa vie et de son avenir. Un objet dont l'idée même lui fouetta le visage et le cœur.

Il creusa, creusa, creusa. En vain. L'objet n'y était plus. Disparu. Où était la croix ?

Chapitre 9

Dans la pièce du rez-de-chaussée de l'aile sud du château, Simie finit par poser son stylo, dévisagea longuement Jérémy Diaz et expliqua.

– Je ne sais pas d'où tu sors ces pierres mais… c'est comme de découvrir que le Père Noël existe ou que la Petite Souris n'est pas une fable !
– Si tu m'éclairais ?
– Pardon mon grand, mais tu dois comprendre l'étendue de la trouvaille. C'est mystique ! Si on m'en avait parlé, je n'y aurais jamais cru. Laisse-moi t'expliquer…
– Ça m'aiderait en effet.
– Ces pierres appartiennent à deux types de gemmes : des saphirs et des rubis que généralement on extrait du fond des océans, du lit des fleuves ou des rivières. Le plus surprenant, c'est que les seules pierres précieuses qui auraient pu leur ressembler ont été trouvées dans l'Himalaya, à l'endroit même où le Gange disparaît pendant les fortes chaleurs d'été. Ce qui a particulièrement attiré mon attention, c'est qu'elles sont fendues d'astérismes. Ce phénomène, assez rare et inhabituel à l'état brut, laisse les pierres marquées par de très petites aiguilles se croisant en son cœur, un peu comme si elles avaient été « étoilées » ou « en « œil de chat ». Or, les rubis et saphirs que les scientifiques ont mis au jour dans les alluvions du

fleuve sacré indien, ne le sont pas ! Et ici, le phénomène semble naturel, comme lié à la nature même de la pierre.

– Viennent-elles d'Inde ou pas ? Ça coïnciderait avec le voyage de notre principal suspect…

– Avant de répondre, laisse-moi te parler du Gange. Pour les hindous, il purifierait le corps des hommes et libérerait l'âme des défunts. Le corps de Gandhi par exemple y a été immergé quand, après l'attentat qui lui a ôté la vie, on l'a conduit à Bénarès, ou Varanasi de son nom moderne, pour que la crémation libère son corps physique et laisse son âme s'envoler vers les cieux. Bénarès est la ville sainte de l'hindouisme, elle a été bâtie sur les berges du Gange et chaque jour les familles viennent s'y baigner, les lavandières y nettoient de longs pans de tissus colorés. Les fidèles vont prier les saints de leur panthéon, les touristes s'y promènent en barque au lever du jour alors que les vieillards libèrent leur âme dans d'odorants bûchers espérant trouver la paix quand le brasier qui emportera leur corps physique finira son œuvre. De manière plus générale, se baigner dans les eaux sacrées du Gange est symbole de l'union avec l'ultime vérité. On dit que ses eaux apporteraient sagesse spirituelle à ceux qui s'y immergent. Par conséquent, on attribuerait aux pierres précieuses et très rares que l'on en extrairait, des pouvoirs du même acabit !

En renversant le contenu de la bourse sur la table,

Jérémy Diaz venait de pénétrer un univers qui les dépassait tous parfaitement. Le légendaire et le réel ne pourraient plus s'expliquer l'un sans l'autre. Simie, surexcitée, poursuivit son explication.

– Pour saisir, lui dit-elle, il ne faut pas perdre de vue que la beauté des pierres précieuses a toujours revêtu un caractère mystique. Leur rareté et leur permanence ont de tout temps été de véritables énigmes pour l'humanité. Dans un monde où le vivant se meurt, humains, faune, flore et où le soleil même disparaît le soir à l'horizon, seules les pierres précieuses demeurent immuables. Comment en expliquer l'existence autrement qu'en les rattachant au Divin ? Dans toutes les religions - bouddhisme, judaïsme, christianisme, islam, - de puissants liens unissent les pierres précieuses au spirituel. Jadis, elles représentaient bien plus que de jolis colifichets, elles servaient d'amulettes et de talismans auxquels l'on octroyait le pouvoir d'influer sur le cours de la vie. De nos jours, enchaîna-t-elle, certains mouvements dits *New Age*, continuent de croire aux effets des pierres sur le corps et l'esprit. D'un point de vue plus scientifique, poursuivit-elle, l'apparition des pierres précieuses précéderait l'arrivée de la vie sur Terre. Leur voyage aurait commencé à peu près au moment de la naissance de la planète entre trois milliards et plusieurs dizaines de millions d'années avant notre ère. Le plus ancien objet connu du monde serait même un minuscule fragment de zircon découvert en Australie occidentale et âgé de

4,4 milliards d'années ! Particulièrement impressionnant, ajouta la gemmologue, puisque l'on daterait la formation de la Terre moins de 150 millions d'années auparavant. Immanquablement, sourit-elle, les Hommes virent dans la brillance de ces pierres la Permanence, l'Être au-delà de la vie et de la mort et donc les sources de leur rédemption. Si tu as des doutes sur mes explications, tu peux aller confirmer par toi-même, un de ces saphirs indiens est exposé au Musée des Arts Primitifs du Quai Branly à Paris.

Tirant le fil de ses pensées, elle tenta une explication du côté des légendes.

– Le fleuve sacré d'où proviendraient les pierres, aurait été offert au roi Bhagaritha par la déesse Akash Ganga, parce qu'il cherchait prospérité pour la Terre. Pour qu'elle ne soit pas submergée par les eaux, elle en plaça la source dans la coiffe du Dieu Shiva. Or, dans un accès de colère du Dieu Destructeur de la Trimurti hindoue, il fit rejaillir le fleuve à des milliers de kilomètres de l'Inde, sur l'île des Dieux, à Bali en Indonésie. Le fleuve sacré se trouva divisé en deux. Le Gange, prenait sa source officielle à Gangotri dans l'Himalaya, coulait jusqu'à la ville sainte de Bénarès puis allait se perdre dans le golfe du Bengale. Là, à Calcutta il devenait l'Hoogly et au Bangladesh, en s'unissant au Brahmapoutre, il prenait le nom de Meghna, pour se déverser dans l'Océan indien. Dans sa colère céleste, Shiva aurait donc fait rejaillir le fleuve sacré de l'autre côté, sur l'île de Bali, la seule île à dominante hindoue de l'archipel indonésien. Le Gange s'y fit appeler le fleuve Ayung et les habitants de l'île choisirent l'hindouisme alors que les autres îles indonésiennes se convertirent à l'Islam. Quand le Dieu, dans sa fureur, fit rejaillir le fleuve à Bali, les pierres qui se déposèrent dans le lit du bras balinais du fleuve sacré, s'en trouvèrent marquées en leur cœur. Comme un sceau céleste. Pourtant, nul n'a jamais retrouvé ces pierres étoilées sur l'île des Dieux.

Simie, les mains tremblantes, se levant puis s'asseyant, brandissant les épais tomes élimés de son encyclopédie de gemmologie, poursuivit.

– Seule une légende balinaise raconte que les statues du temple de Kalikut en seraient serties et qu'elles offriraient à leurs dévots des pouvoirs magiques inimaginables. Malheureusement, aucune preuve de l'existence ni du village, ni du temple, encore moins des statues n'a encore été révélée au monde et ne peut donc ni éclaircir ni infirmer les théories des chercheurs. Ou il s'agit ici d'un canular savamment orchestré ou, les garçons, vous venez de tomber sur une piste qui viendra embrouiller encore davantage votre enquête.

– Comment pourrais-tu tirer le vrai du faux ?

– Il me faudrait étudier les pierres dans les laboratoires de l'institut national de gemmologie à Paris.

Je n'ai ni les équipements nécessaires ici ni les connaissances suffisantes, j'aurais besoin de consulter certains ouvrages qu'on ne trouve que là-haut.
– Et d'un point de vue financier, ça tirerait dans les combien ce petit trésor ?
– C'est inestimable mon grand ! INESTIMABLE ! Sans doute des millions d'euros, peut-être des milliards… C'est une découverte clef pour l'humanité. Ce que je peux encore te dire Jérémy, c'est que si tu veux en savoir plus, il va falloir partir… en Inde ! Il y a à Bénarès un vieux sage… un Sadhu que l'on appelle Baba Ganga. Lui seul pourra vous aiguiller.

Alors que Simie continuait de s'extasier sur l'incroyable découverte, sur le rôle fondamental historique, philosophique, gemmologique, sociologique, symbolique qui découlait de l'existence de ces pierres, l'officier tournait distraitement les pages d'un des carnets qu'ils avaient également découvert dans la petite boîte en fer-blanc, dissimulée dans le dressing de l'entrepreneur. Attentif au récit de l'amie de son père, il laissa les lettres vivre d'elles-mêmes, oubliant le tout qu'elles formaient, ne prêtant plus attention aux vers, se concentrant sur les premières lettres. Il se surprit à marmonner un nom. En liant les premières lettres du poème à la verticale, Jérémy Diaz se souvint d'un des rares jeux qui l'avait amusé au lycée : l'acrostiche. L'exercice consistait à dissimuler de courts messages secrets dans des vers. Lues verticalement de haut en bas, les premières lettres ou, parfois les premiers mots d'une suite de vers composaient un mot. En liant les premières lettres d'un sonnet, le nom d'un magnat de l'Internet français apparut. Il tourna la page, l'ode qui suivait donnait en premières lettres de ses vers, le patronyme d'un grand patron de l'industrie cosmétique. D'autres pages, d'autres poèmes, d'autres noms. Et, jusqu'à l'élégie sur la face intérieure de la couverture cartonnée… François Morzy. L'actuel président de la République.

Chapitre 10

– Tu crois qu'ils vont nous trouver ici les méchants ?
– De quels méchants parles-tu Marie ?
– De ceux qui ont tué maman, grand-père et qui nous cherchent.
– Nous ?
– Oui, toi, moi et Pierre.
– Pierre ?
– Oui, ton Papa.
– Comment connais-tu son nom ?
Marie détourna le visage de Marc pour reprendre les leçons de chant de son canari.
– Tu sais pourquoi il s'appelle Ouistiti ?
– Non.
– Parce que c'est rigolo. Tu ne trouves pas que Ouistiti est un mot rigolo ?
– Si, tu as raison.
– Dis, c'est quoi ton mot préféré ?
Marie répondait par des questions. Madé faisait ça aussi. Comme si les réponses importaient moins que les questions. Le vieil homme ne lui avait-il pas répondu « qu'importe la réponse puisqu'on ne peut comprendre et recevoir que ce que l'on cherche déjà » ? La ressemblance entre ces deux-là était étonnante. À moins que Marc n'y voie, là encore uniquement ce qu'il voulait voir.
– Mon mot préféré ? Voyons… ça fait bien longtemps que je n'y ai pas pensé.

– Parce que, tu vois, avec grand-père c'est un jeu auquel on joue souvent. Il dit que les mots font et défont nos existences et qu'en sélectionnant ceux que nous aimons le plus, ils nous aident à y voir plus clair.
– Plus clair ?
– Bah oui, grand-père dit que tu es très triste et que tu cherches des réponses.
– C'est pour cette raison que tu n'arrêtes pas de m'interroger ?
– Alors c'est quoi ton mot préféré ?
– Je crois que c'est… Amour. Non, Liberté. Ou peut-être les deux. On ne peut pas avoir deux mots préférés ?
– Si tu veux. Moi, c'est rêve. Parce que c'est tout petit comme mot et que ça emmène très loin.
– Quel âge as-tu ?
– 11 ans.
– Où est ton grand-père ?
– Je te l'ai dit… Les méchants l'ont tué, comme les autres, comme tous les gens du village. Comme maman.
– Mais tu parles de lui au présent ?
– Évidemment. Ce n'est pas parce que les gens meurent qu'ils n'existent plus. Au contraire, si tu sais écouter, ils viennent te parler en rêve. C'est aussi pour ça que j'aime les rêves. Quand je dors, je me sens moins seule. Je retrouve grand-père et tous mes amis du village.
– Elle s'appelle comment ta maman ?

– Maman. Et toi, comment elle s'appelle ta maman ?
– Christiane. Elle nous a quittés aussi il y a longtemps.
– C'est un méchant qui l'a emmenée au pays des rêves ?
– En quelque sorte, oui.
– Ma maman, je ne m'en rappelle plus. Alors elle ne me peut pas venir me voir en rêve.
– Pourquoi tu ne t'en rappelles plus ?
– Les méchants l'ont tuée quand j'étais bébé. Tu connais Kuta ? Les méchants ont posé des bombes qui ont tué Maman.
– Si tous ont été tués comment y as-tu échappé ?
Encore une fois, elle éluda la question.
La mère de cet enfant avait été tuée pendant les attentats de Kuta qui avaient tenu la Une de la presse mondiale en alerte pendant des semaines. Marc était rentré en France depuis un peu plus d'un an quand ils avaient eu lieu. À cette époque, Amara était venue lui rendre visite en rêve. Madé lui avait souvent expliqué, comme venait de le faire l'enfant, qu'on pouvait retrouver ceux que la vie avait quittés dès lors qu'on laissait les rêves nous emporter, à l'unique condition de savoir écouter. Marc avait écarté l'idée d'Amara morte sous les bombes, avait laissé les urgences de la Confiserie le happer et le temps était passé. Aujourd'hui, la petite confirmait. Les défunts rendraient visite en rêve à ceux qui sauraient les recevoir, pour les guider, les conseiller, toujours au moment où l'on avait le plus besoin d'eux.

– Et ton père finit-il par demander, où est-il ?
– Tu n'as pas encore compris ?

Marie retourna à ses leçons de chant. Marc continua à errer entre les ruines du complexe hôtelier. À chaque pas, une image, un souvenir. Lentement, il se rappelait pourquoi il était venu ici et dans quel contexte il avait séjourné dans l'établissement. Marc n'aurait jamais choisi pareil décor pour loger. Il préférait les auberges ou la chambre chez l'habitant, voire sa natte posée à même le sol au bord d'un ruisseau ou protégée par l'ombre d'un manguier géant. Et, même si ses finances ne lui auraient de toute manière pas permis de chercher plus luxueux, il trouvait dans ce mode d'hébergement une véritable chance de comprendre, d'effleurer ce qui le fascinait : l'autre et, par extension, lui-même. À l'évocation de son budget limité, il se rappela soudain d'un jeune homme qu'il avait fréquenté et qui l'avait justement conduit ici. Débrouillard et beau parleur, le garçon, qui devait avoir son âge, était parvenu à le convaincre de lui remettre son passeport. Un soir, attablés dans un warung poisseux d'Ubud, ils avaient partagé une Bintang. Marc lui avait expliqué le parcours du combattant qu'il s'apprêtait à attaquer, ajoutant avec force soupirs les complications administratives qu'il devrait affronter parce que son visa arrivait à expiration. Dès le lendemain, Marc avait prévu de se rendre à Denpasar pour tenter de convaincre les services consulaires dédiés de lui accorder le renouvellement du tampon magique. L'autre, sûr de lui, avait assuré qu'il avait souvent effectué ce type de mission pour des touristes, qu'il avait l'habitude et qu'il connaissait suffisamment les agents de l'État pour leur glisser, sous la table, le billet qui garantirait la procédure. Marc avait refusé, arguant qu'il n'avait pas les moyens de déléguer quelque tâche que ce soit. L'autre avait assuré qu'il lui rendrait la pareille le jour venu. Et, le sésame sacré du baroudeur, le laissez-passer bordeaux, avait changé de poche. Pendant une semaine, le passeport s'était promené, loin de son propriétaire. Dès le début, Marc avait senti qu'il faisait une erreur. L'intuition lui avait même soufflé que c'était là, peut-être, la pire bêtise qu'il commettrait de sa vie, et pourtant… Malgré sa petite voix intérieure, il avait confié son passeport à d'autres mains, se résolvant à l'attendre patiemment.

Huit jours plus tard, conformément à ce que son acolyte avait assuré, son passeport lui avait été rendu. L'histoire aurait pu s'arrêter là. Chacun s'en serait retourné à ses obligations et à ses priorités. Les erreurs de jeunesse passent parfois inaperçues : la chance, le destin, les astres, les ancêtres ou Dieu assurant protection. D'autres fois, elles marquent au fer le reste d'une vie, mutilent le corps, brisent un cœur ou rapetissent l'âme. Désargenté, sans le sou, désespéré de n'accuser que des retours négatifs des éditeurs quand il envoyait une nouvelle, Marc s'était mis en recherche d'un job, un petit quelque chose qui lui aurait permis d'allier écriture et voyages tout en gagnant sa vie. Il lui aurait été impensable de quémander de l'aide à ses parents, et surtout pas à son père.

Par hasard ou peut-être parce que c'était son destin, il recroisa le chemin de son expert en procédures de renouvellement de visa. Quand Marc lui présenta son problème financier, les pupilles de l'homme s'éclairèrent. « Tu as besoin d'argent ? J'ai une idée pour toi. C'est un arrangement sans conséquence, un petit business sans danger », avait-il assuré. Quand l'autre eut fini de lui expliquer les missions qui lui seraient confiées, Marc vit dans cette proposition une aubaine, comme un don du ciel. Il s'empressa d'accepter et, ce soir-là, s'endormit plus persuadé que jamais que l'on n'est jamais à l'abri d'une opportunité. Quand la vie veut vous emmener sur son chemin, il est impossible de résister.

En tout juste quelques mois, Marc gagna plus d'argent que dans toutes ses années d'écrivaillon raté. Bientôt, d'autres opportunistes rejoignirent le duo. Ensemble, ils finirent même par créer une petite société dont, officiellement, l'objet social restait dédié au renouvellement des visas pour touristes négligents. Marc traînait dans les repères pour touristes oisifs, tissait des liens de confiance et d'amitié tant avec les patrons d'établissements hôteliers qu'avec les voyageurs émerveillés par les splendeurs de l'île des Dieux. Il rendait quelques menus services, se faisait prévenant et charmant. Un caméléon qui revêtait les mots et les habitudes de ses frères de provenance. Il offrait les services de renouvellement de visa et quand le touriste, devenu son nouvel ami, rentrait au bercail il lui confiait une petite bourse. « C'est pour payer le mariage de ma cousine en France, c'est un petit rien pour ma filleule, ou bien encore c'est pour payer l'opération de ma mère… » il y avait toujours une bonne occasion pour demander à faire passer quelques cailloux. Touché par la confiance que l'ami recevait autant que par le motif de l'envoi, l'ingénu promettait de remettre les pierres à la personne qui l'attendrait à Roissy. Et, comme les gens de confiance sont finalement plus nombreux que les escrocs, les cailloux arrivaient toujours à destination. Son associé local, celui-là même qui s'était porté volontaire pour lui refaire son passeport et qui lui avait proposé le « petit arrangement sans conséquence » avait déjà recruté un acolyte à Paris. Là-bas, il était chargé de récupérer les saphirs et autres rubis pour les transformer en monnaie sonnante et trébuchante. Les bijoux étaient revendus à prix d'or et, au fil des mois une organisation minutieuse se structura, parvenant à écouler pour quelques centaines de milliers de dollars de camelote. Les touristes payaient pour le renouvellement de leur visa puis, à leur insu, devenaient les convoyeurs de la marchandise vers l'Europe. Marc et Singh Patel se révélèrent gagnants à tous les coups. L'écrivain voyageur, qu'il se croyait encore, s'était engagé dans une aventure économique, anticipant sans le savoir, l'avenir professionnel qui le happerait bientôt. Et, dès qu'il reprit les rênes de la Confiserie, il oublia cet épisode entrepreneurial de sa vie. Il préféra se donner le beau rôle, se persuadant doucement que s'il n'était pas devenu écrivain, c'était parce qu'il avait dû reprendre la direction de l'entreprise familiale. Point final. La mémoire excelle dans l'art des tours de passe-passe. L'épisode n'avait pas duré plus de quelques mois et avait été rayé de sa vie. Omis. Évincé. Une aventure de jeunesse. La preuve qu'au soir de nos vies, nous ne serons que ce que nous nous souviendrons avoir vécu, car il n'y est de vie que dans ce que la mémoire en garde. Et, au fond, la petite magouille « sans conséquence » lui avait permis de gagner très confortablement sa vie puis de payer son billet retour quand, en urgence, un télégramme l'avait rappelé au chevet de sa mère mourante. Ensuite, à Auch, il avait joué les pompiers, s'était occupé de l'entreprise, de son père et avait fini par tout oublier.

– Tu as vu ce que tu devais voir, Marc ?

– Parce que je devais voir quelque chose ?

– Sinon, pourquoi serions-nous venus ici ?

– À toi de me le dire.

– On peut y aller maintenant ?

– Où allons-nous ?

– Au village pardi ! Pierre nous attend.

– Et tu connais le chemin ?

– Pas besoin. Regarde-moi bien, on y va.

Comme après leur course folle à travers la forêt, la petite fille lui saisit les mains et s'immergea dans son énergie vitale. Elle l'observa profondément, se frotta les paumes encore souillées de la terre rougeâtre de la clairière où s'était autrefois trouvé Kalikut, caressa le pendentif qu'elle portait au cou, puis déposa ses phalanges délicates sur les yeux de l'entrepreneur en récitant un mantra. L'instant d'après, ils étaient de retour devant le tronc qui barrait l'accès au vieux sentier en direction de ce qui avait été le paradis sur Terre.

Chapitre 11

À l'extérieur du château, Nicolas Duclos reprit sa conversation téléphonique avec l'assistante de direction de la fabrique de lunettes ariégeoise.

– Pouvez-vous me dire ce qui s'est passé ? demanda-t-il.

– On m'a appelé il y a une heure pour me dire que son corps avait été retrouvé pendu à la porte de l'armoire de sa chambre à New Delhi. Il était descendu avec un groupe d'entrepreneurs de la région à l'EuropaInn, près de *Connaught Place* où, comme vous le savez, il était en déplacement professionnel. Il n'a visiblement pas laissé de lettre... Il aurait juste dessiné un svasti... quelque chose sur le miroir de la salle de bains... un genre de croix gammée... Qu'est-ce qui lui est passé par la tête ? Pourquoi ne m'a-t-il pas appelée ? Je savais que les relations avec la famille étaient douloureuses mais de là à se donner la mort ? Non mais, inspecteur... C'est terrible ! Je n'aurais pas dû le laisser partir tout seul. Il était toute ma famille... On travaille ensemble depuis si longtemps... Plus d'une fois, je l'ai sorti du pétrin... c'était mon rôle de le protéger... J'aurais dû me rendre compte que quelque chose n'allait pas...

– Vous dites qu'il s'est suicidé ?

– C'est ce qu'ont affirmé les services de police là-bas. Et vous pensez... l'assurance ne couvre pas pour ce

genre de « mort non naturelle ». S'il faut, je paierais de ma poche pour le ramener, mais je le ramènerai ! Pour l'instant, j'vous raconte pas la paperasse. Ils m'ont annoncé ça, comme s'il s'était cassé la jambe ! C'est affreux, c'est affreux, c'est affreux...
Pendant un moment, elle ne fut plus capable de répondre à aucune des questions du brigadier, répétant à l'infini entre deux sanglots « c'est affreux, c'est... » Tout à coup, son souffle s'arrêta net dans le combiné. Un éclair de lucidité semblait l'avoir frappé.

– Vous avez dit que vous étiez de la police d'Auch, c'est ça ? Ne me dites pas que vous pensez que son suicide est lié au meurtre d'Eva Delvingt ? Pire, qu'on aurait déguisé le meurtre de Christian en suicide ?
– Ne me faites pas dire ce que je n'ai pas dit. Il y a des éléments, disons des passerelles, entre les deux décès qui sont troublants et qui méritent d'être étudiés. Je n'ai pas encore reçu les éléments concernant son décès. On ne nous les transmettra qu'en cas de suspicion d'homicide corrélé avec celui qui nous occupe. Il se trouve que votre patron voyageait en Inde avec l'époux de la victime d'un homicide dont j'ai la charge. Comment et pourquoi avez-vous choisi cette destination ?
– Depuis des mois, Christian se battait pour que l'entreprise familiale survive. Les actionnaires l'encourageaient à partir à l'export, ils voulaient trouver

de nouveaux relais de croissance, des fournisseurs moins chers, relever le niveau des fonds propres, redorer leur image et d'ici 18 à 24 mois vendre l'entreprise au plus offrant. Christian n'était pas d'accord, il voulait maintenir les emplois et rester à la tête de l'entreprise qui portait son nom. Il y a quelque temps, je crois que c'était un peu avant les vacances d'été, une journaliste est venue l'interroger pour la République du Gers. Elle préparait un dossier sur les entreprises régionales qui avaient encore des doutes sur l'export. L'exemple qu'elle avait pris, c'était la Confiserie Delvingt, dernière entreprise du secteur à rester 100 % hexagonale. Ni clients, ni fournisseurs à l'étranger et un dépôt de bilan imminent si son patron Marc Delvingt ne prenait pas le virage export. Comme elle avait entendu dire que LGSA rencontrait également des difficultés financières et que nous portions des projets à moyen terme à l'international, elle était venue l'interroger. Après s'être bruyamment mouchée dans le combiné, elle reprit.

– Puis, à l'automne, une autre jeune femme est venue nous rendre visite. Elle était drôlement belle : une peau parfaite, de longs cheveux ébène tressés, de grands yeux… Elle souhaitait prendre rendez-vous avec Christian pour lui parler d'un projet. Quand je lui ai demandé de quoi il s'agissait…, elle a remarqué que nos foulards se ressemblaient étonnamment. C'était vrai. Les mêmes fleurs ! Incroyable, non ? Vous ne trouvez pas ça incroyable inspecteur ?

– Si l'on veut... Que voulait-elle ?

– Christian m'avait donné ordre de ne le déranger sous aucun prétexte. Elle devait prendre rendez-vous. Elle m'a laissé une plaquette de présentation de son agence, me demandant d'en parler à mon patron quand il reviendrait, précisant que Marc Delvingt serait du voyage à Delhi en janvier. À cette période, les actionnaires se faisaient de plus en plus pressants quant aux projets d'export. Elle tombait du ciel, celle-ci, avec son agence de voyages pour entrepreneurs. J'ai immédiatement inscrit Christian, pensant que l'Inde ou ailleurs ça serait du pareil au même. Et puis que la présence de l'Auscitain sur le vol ne serait pas pour lui déplaire. Souvent, il disait qu'il avait envie de le rencontrer, que leurs visions du business étaient proches... Bref, lundi il s'est envolé vers l'Inde et maintenant, on m'appelle pour me dire qu'il s'est pendu.

Un nouveau sanglot vint couper la conversation. Nicolas Duclos écarta le combiné de son oreille avant de poser sa dernière question :

– Avez-vous un nom ? Des coordonnées ?

– La fille de l'agence ? Elle a même laissé sa carte. Tenez, je dois l'avoir quelque part.

Elle fouilla dans un tiroir pour en sortir un petit morceau de papier cartonné où étaient inscrits les coordonnées et le nom de celle qui s'était présentée. À l'autre bout de fil, l'OPJ attendait. Elle lut, articulant chaque syllabe et chaque numéro, pour qu'il puisse prendre en note les éléments : Surya Patel, gérante agence MyBB, 06 10 58 68 13. Il l'aurait parié. Il remercia l'assistante pour son aide, à l'autre bout de la ligne les pleurs reprirent de plus belle.

Avant qu'il n'ait pu rentrer dans le château pour relater ses échanges à son collègue, le téléphone de Nicolas sonna à nouveau. La voix de Tam était surexcitée.
– Écoute bien Nico, j'ai fait des découvertes de dingue… mais pour en savoir plus, vous allez devoir partir en Inde. Tu bosses toujours en binôme avec Jérem' ? J'espère bien car je vous ai pris deux billets d'avion pour Delhi. Vous décollez dans cinq heures de Toulouse. Retrouvez-moi à Blagnac dans deux heures, je vous dirais tout.
– On n'a pas le choix c'est ça ?
– Exact. Une nouvelle piste à suivre d'ici patron ? ironisa-t-elle.
– Tout ce que tu peux trouver sur une certaine Surya Patel, a priori gérante d'une agence de voyages pour entrepreneurs appelée MyBB.
– Vos désirs sont des ordres…
(Clic). L'informaticienne avait raccroché. Sur le perron Jérémy était sorti, les casques à la main.
– Tu disais que tu rêvais d'un grand voyage sur les traces d'un certain Marc Delvingt ? Je crois que l'heure est venue, suggéra le commandant.
– J'allais te dire la même chose, confirma le brigadier.

Chapitre 12

Quand le chauffeur avait déposé les Delvingt père et fils devant le tronc d'arbre, ils n'avaient pas remarqué qu'à deux pas se trouvait un balé protégé par d'imposantes statues de pierre à l'entrée. Marie s'y rua, déposant un baiser sur la truffe du monstre avant de pénétrer. Derrière la muraille, les mains dans le cambouis, Pierre les attendait, râlant bruyamment. Le dos courbé sur la carcasse d'une vieille voiture, il tentait d'en faire repartir le moteur. Mais, de ronflement il n'était question que de toussotements. Les coups de clef et d'embrayage se mourraient en un râle, la voiture refusait d'obéir.

– Je pensais que tu peignais tes carcasses pas que tu mettais les mains dans le moteur ! lança Marc.

– Tu ignores beaucoup de choses à mon sujet !

– Et réciproquement, répliqua le fils à voix basse. Je te présente Marie.

Le patriarche leva la tête de sous le capot, s'essuya le front en y laissant une traînée noire de graisse puis baissa son regard vers la petite fille. Il sourit.

– Bonjour Marie. Je m'appelle Pierre.

– Oui, je sais. Vous en avez mis du temps à venir tous les deux. Dis Pierre, c'est à cause de ta peur de l'avion que tu ne venais pas me rendre visite ?

– Je n'ai jamais eu peur de l'avion ! D'où sors-tu pareille bêtise ! D'abord, un Delvingt ça n'a peur de rien. C'est toi Marco qui lui a raconté ça ? Non,

mais ça n'va pas ? C'est juste que je n'ai pas confiance dans ces machines-là. Ça s'écrase et pas moyen d'en réchapper. Je préfère les bons vieux moteurs, comme celui-ci, à explosion. On met les mains dans le cambouis et ça finit toujours pas démarrer.
Conscient de l'incongruité de la conversation, Pierre se tourna vers le visage angélique qui l'observait attentivement.
– Dis-moi ma petite, tu en as un drôle d'épi sur le front. C'est pas courant un épi comme ça… Si tu n'étais pas si brune… Tu sais que ma femme en avait un pareil que toi d'épi ?
– Elle est belle ?
– Oui, elle l'était.
– Pourquoi ? Elle ne l'est plus ?
– Non. Elle est partie au ciel.
– Mais… elle ne vient plus te voir dans tes rêves ? Tu l'as oubliée ?
Marc expliqua à son père qu'avec cette enfant, inutile d'essayer d'obtenir gain de cause. Elle avait réponse à tout.

– Tu sais Marco… Ça doit être tous les enfants. Enfin, pour toi c'était jusqu'à ce que tu découvres les livres. Ensuite, tu n'y étais plus pour personne. Ce qui était écrit était vrai. Point final. Un jour tu m'as même affirmé que puisque la réponse était écrite il était – par conséquent – inutile d'en parler. Lire te suffisait. Je crois que c'est à partir de ce moment-là… que nous nous sommes un peu éloignés.

– Doux euphémisme !
– On peut revenir au sujet de notre présence ici ?

Marie avait disparu, laissant père et fils faire un point sur la situation. Marc raconta le charnier, les rêves, l'apparition de Marie, le resort abandonné, les souvenirs… Il alla à l'essentiel, évitant soigneusement les aspects qu'il savait trop éloignés de la capacité d'entendement de son père : les déplacements en un battement de cils, le petit commerce de visas et de pierres auquel il s'était livré. Il finit par évoquer le svastika en or d'Amara qu'il avait cherché à déterrer. Pierre, horrifié, s'exclama :

– Un svastika… Mais bon dieu, c'est l'autre nom de… de… de la croix gammée ! La même qu'on a retrouvée tatouée de croûtes de sang séché sur le front de ta femme ! La même que sur le front de Jacques dans la vidéo… Ne me dis pas Marco que je doive croire à ce que disait l'autre journaleux… Y aurait-il vraiment du groupe néonazi là-dessous ? Et toi Marco, comment te retrouves-tu mêlé à une histoire pareille ?
– Arrête ça tout de suite. Un svastika n'est pas une croix gammée, en tout cas on ne peut limiter son interprétation à ce qu'en ont fait les nazis. C'est un signe de paix. C'est un des symboles les plus représentés par les hindous. On le peint à l'entrée des maisons, on en offre des représentations en bijoux aux enfants… Hitler s'est inspiré du symbole, l'a

détourné et lui a collé une connotation terrible en Europe et dans le reste du monde. Mais Bali est une île à dominante hindoue, c'est ici un signe de paix, je te le répète, de paix et de prospérité… Ouvre les yeux, des svastikas, on en voit partout !

Marc marqua une pause, respira profondément et son regard se perdit dans le lointain. Puis, autant pour lui-même que pour son père, il poursuivit.
– Ce que je ne comprends pas, c'est pourquoi ces dingues l'ont repris à leur sauce, qu'essaient-ils de nous dire… ?

Enfin, le moteur ronfla sous le coup d'un ultime tour de clef à molette. Pierre s'installa derrière le volant et fit signe à son fils de l'imiter côté passager à bord de ce qui, un jour sans doute, s'était voulu être une auto.

– Ça t'en bouche un coin hein que j'ai réparé ce tas de tôles ! Elles ne paient pas de mine mais ces vieilleries sont increvables !

Il riait, excité par l'adrénaline, la peur, l'aventure. Il semblait avoir perdu la tête, comme devenu fou. Le vieil homme avait supporté ce qu'il redoutait le plus : un voyage en avion et, maintenant, semblait prêt à tout. Le sang qui coulait, les mystères s'épaississant et l'inquiétude l'animaient. Il se prenait au jeu de l'aventurier, un patron de PME en retraite, bricoleur du dimanche qui se transformait en James Bond du bout du monde.

– Tu disais que tu aurais besoin de moi ? Et bien voilà la preuve ! Parce qu'il paraît qu'on part en balade.
– Qu'est-ce qui te fait dire ça, Papa ?
– L'intuition mon cher, l'intuition, répondit-il en un clin d'œil à Marie.

Elle grimpa à l'arrière du véhicule.

Marc se tourna vers l'enfant, celle qu'il avait fini par admettre être son enfant. Il scruta chaque partie de son visage, tenta de lire dans ses yeux rieurs. Par jeu, elle plaça ses mains sur les paupières de l'homme et éclata d'un rire sonore.
– Pas cette fois, dit-elle amusée.
– Je ne suis pas d'accord, tonna Marc de la voix du censeur. Tu ne viens pas avec nous. C'est trop dangereux.
– Je ne suis jamais montée dans une voiture, alors pas question de rater une opportunité pareille. Je n'ai peur de rien. La peur ronge l'âme. C'est ce que disait grand-père « ne laisse jamais les peurs te dévorer l'âme et le cœur. Si tu en détectes une, empresse-toi de lui sauter au cou, de la tordre jusqu'à ce qu'elle disparaisse. Et surtout, n'oublie pas que tu es ta pire ennemie… »
– Grand-père disait ça ?

Marc capitula avant d'avoir lutté et indiqua le chemin à son père. Pour tenter d'en apprendre davantage, l'entrepreneur décida qu'ils traverseraient l'île jusqu'à l'autre village magique, un village où la magie n'était le fruit que des mains et des cœurs des artistes qui y travaillaient : le village des arts de Celuk. Nyoman Balik, le plus grand orfèvre de l'île, celui-là même qui avait réalisé le bijou d'Amara et dont Surya portait une réplique à Delhi, y avait ses ateliers. Il pourrait sans doute les aider.
Plus ils approchaient du village, plus nombreux étaient les boutiques et étalages de fortune des artisans vendant leur production de bijoux d'or ou d'argent.
Mais, ils n'eurent pas besoin d'entrer dans le village, Nyoman Balik les attendait assis en tailleur sur une paillasse devant son balé où œuvraient les artisans de son école.

– Je savais que vous viendriez. Depuis que tu m'as confié la pierre Marc, celle avec laquelle j'ai confectionné le bijou d'Amara, on me parle. Les morts semblent m'y livrer l'avenir. En rêve, la nuit, je reçois Dieu.

C'était comme si, depuis qu'il avait touché cette pierre, expliqua-t-il, Dieu s'invitait dans son lit. Chaque nuit le Divin revêtait une enveloppe différente, se cachait sous les traits d'un guérisseur balinais, d'un prêtre, d'un sâdhu indien, d'un arbre ou d'une tortue. Dieu était partout où l'on souhaitait le voir, il était énergie vitale et créatrice, il était amour et force. Il réchauffait les cœurs de ceux qui lui ouvraient leurs âmes, ne craignant que les dogmes et l'armée de ceux qui ne croyaient plus aux légendes, à la magie et aux livres.

3e partie

« What a Little Moonlight Can Do »

Popular song written by Harry Woods
& sung by Billie Holliday

Chapitre 1

À l'aéroport de Blagnac, Tam les attendait au café. Près de la petite table ronde rouge où elle sirotait un jus d'orange pressée, Théa bavait sur une chocolatine qu'elle émiettait savamment dans sa poussette. Les officiers les embrassèrent chaleureusement.

– Je pars quelques jours me mettre au vert chez des copains en Ariège, Nico. Ce que je vais te dire pue sévère et je crois qu'on sera plus en sécurité par là-bas.

– Tant que ça ? railla le commandant.

– Écoute-moi bien, tu rigoleras moins après ça. J'ai étudié avec soin tous les outils de communication de vos Delvingt. Figurez-vous que depuis plusieurs mois ils sont… sur écoute.

– Sur ordre de qui ? demanda le brigadier.

– Attendez ce n'est pas tout, laissez-moi ménager mon effet. Non seulement ils sont sur écoute, mais quelqu'un a bloqué l'usage de l'ensemble de leurs moyens de communication, presque toute la semaine.

– Qu'est-ce que tu veux dire ?

– Ce que je suis en train de dire c'est que depuis une semaine, des petits génies ont sélectionné les appels qu'ils laissaient passer, ont intercepté et bloqué la plupart des mails et des messages téléphoniques que les uns et les autres s'échangeaient.

– Ça expliquerait pourquoi Pierre Delvingt dans

sa déposition affirmait qu'il avait tenté de joindre en vain son fils pendant des heures… et peut-être pourquoi nous ne sommes pas parvenus à le joindre pendant l'interrogatoire du père, compléta Jérémy.

– Qui est derrière tout ça ? demanda à nouveau Nicolas Duclos.

– D'après ce que j'ai pu trouver, enchaîna l'informaticienne, il s'agirait d'une brigade spéciale, indépendante, directement mandatée par l'Élysée, un genre de bras armé d'Interpol n'agissant que sur commandement express de François Morzy.

– Tiens, revoilà Tam et sa théorie du complot. Ça faisait un bail que tu ne nous l'avais pas sortie celle-là.

– Tu fais chier Jérémy. Ce n'est vraiment pas drôle. Les mecs de cette division sont pires que ceux des RG. Même moi, j'ai eu du mal à comprendre ce qui se passait.

– C'est dire s'ils sont bons !

– Vous n'en avez pas marre de vos conneries ? On peut être un peu sérieux là ? ponctua Nicolas.

Entre Jérémy et Tam les relations étaient tendues. Elle ne lui pardonnait pas d'avoir trahi son meilleur ami. Il supportait difficilement leur relation privilégiée. Quand Nicolas les avait présentés, les rigolades étaient franches, les taquineries sincères. Mais, rapidement une forme de jalousie compulsive s'installa entre eux, jusqu'à ce que l'épisode de la rupture entre les amants finisse par refroidir davantage encore leurs rares échanges.

– J'ai rapidement vu les traces de dossiers fantômes dans les lignes de codes mais impossible de trouver les fichiers. Si nul – ou presque – ne peut complètement en faire disparaître l'empreinte, il m'a fallu pas mal de temps pour réussir à les recréer. Non seulement, ils avaient été supprimés des serveurs mais, quand je les ai finalement retrouvés, ils avaient été cryptés. Je ne peux pas dire exactement ce qu'ils contenaient mais ce qui me semblait important, c'était les enjeux. En résumé, si vous avez été éjectés fissa de l'affaire, c'est parce que les intérêts sont… ceux de l'État.
– Rien que ça… souffla Jérémy.
– Ce n'est pas tout. Un truc étrange a attiré mon attention. Dans ma quête aux fantômes numériques, je me suis aperçue que les messages de votre homicide, Eva Delvingt, sont ceux qui ont été le plus souvent « nettoyés ». Depuis des mois, sa boîte mail est surveillée, étudiée et « blanchie ».
– Où veux-tu en venir ?
– Je n'en sais pas plus pour l'instant mais elle semble avoir échangé avec deux ou trois pontes… des ministères.

Dans les haut-parleurs, le vol Toulouse Paris fut annoncé. Les enquêteurs se levèrent.

– Encore une chose. En vous attendant, j'ai mené quelques recherches sur la Surya Patel dont tu m'as parlé au téléphone, Nico.
– Et ?

– J'ai lancé simultanément plusieurs requêtes. Tu sais que Saint Google exauce tous mes souhaits… Je connais les bonnes prières pour le faire parler ! Surya Patel n'a jamais existé. Son nom n'apparaît nulle part sur les listes officielles : sécurité sociale, carte d'identité, clubs de sports, achats en ligne, réseaux sociaux, ambassades. Sauf, sur le site de MyBB… La guide et gérante de la société pose fièrement sur le tarmac d'un aéroport flambant neuf ! Après quelques comparaisons, j'ai découvert qu'il s'agissait de Ngurah Rai International Airport, l'aéroport international de Bali. Sur un autre cliché, on la voit dans un *rickshaw* jaune et vert à *Connaught Place* à Delhi. Cette femme existe et elle a des liens avec l'Inde et Bali, sauf qu'elle ne s'appelle pas Surya Patel.

– Dis-moi que tu es parvenue à trouver son identité… supplia Nicolas.

– Laisse-moi poursuivre. Comme ces éléments-là concordaient, j'ai creusé d'abord du côté des compagnies aériennes qui desservent Toulouse, Paris, Delhi, Denpasar… En parallèle, j'ai récupéré les visuels sur le site internet de l'agence et par comparaison d'images, adjoint au recoupement des noms présents sur les vols récents entre Paris et Delhi, j'ai découvert que notre jeune femme ne s'appelle pas Surya Patel, mais… non, sérieusement, vous êtes prêts ? L'effet ne va durer qu'une seconde mais… il peut vous renverser.

– Accouche ! lâcha Jérémy.

– La jeune femme dont on parle s'appellerait Amara Delvingt.
– Tu déconnes ?! C'est impossible. Delvingt… ? éructa bouche bée le commandant toulousain.
– Exactement ! Et ce n'est pas tout. Madame Delvingt, comme il convient de l'appeler, est française, du moins, elle a obtenu la nationalité par union avec, oui… évidemment par union avec un certain Marc Delvingt. Le mariage aurait été célébré il y a douze ans au consulat de France de Bali. Mais elle aurait posé le pied pour la première fois en France il y a six mois.
– Mais Marc Delvingt était déjà marié à cette date !
– Il faut croire qu'il a été marié deux fois et que personne n'a jugé utile de vérifier… En mettant mon nez de ce côté-là, je peux même t'assurer qu'il s'est marié deux fois en moins de trois mois… Belle perf' ! Il s'est bien gardé d'en parler ! Tu connais mieux que moi, la paperasse administrative… Si personne n'a pensé à s'intéresser au cas, ça a pu passer. Je me rappelle du cas étonnant d'un mec qui s'était fait voler ses papiers. Le jour où il a cherché à les faire renouveler, personne n'a trouvé trace de sa nationalité. Il continue de se battre contre les tribunaux pour récupérer son identité et ses papiers. Les voix de l'État sont parfois impénétrables…
– Attends… il y a un truc qui me chiffonne. J'ai étudié les noms des passagers du vol pour Delhi et elle n'y figurait pas.
– As-tu interrogé tous les passagers ? Non,

évidemment. N'oublie pas que les faux papiers, ça n'est pas difficile de s'en procurer en Asie…

– OK… bon et on fait quoi de ça maintenant ?

– Je n'ai pas terminé. On trouve encore la trace de cette madame Delvingt aux côtés des grands de ce monde, du moins des grands du pays. Elle apparaît comme conseiller spécial du président de la République, alors que petit conseiller municipal d'un village rural, il tentait sa chance aux législatives en 2002. Elle le suivrait depuis les temps reculés où François Morzy briguait le poste de député des Hautes-Pyrénées. Comme je te l'ai dit, elle n'a jamais mis le pied en France avant l'année dernière, mais elle prodiguait ses conseils depuis Bali ou New Delhi. Et, à mon avis, ses lignes de crédit ! Par la suite, j'ai retrouvé sa trace dans les boards de nombreuses startups internet françaises qui, comme par hasard, à cette même période, ont levé des fonds… Écoutez-moi les garçons, je ne parle pas de petites levées en amorçage ou de quelques milliers d'euros concédés par des *business angels* de quartiers, il est question de millions d'euros… ! Non seulement madame Delvingt a fréquenté le gratin politique mais aussi ceux qui incarnent désormais la réussite à la française.

– D'où tire-t-elle tout ce fric ?

– Je parierais sur un trafic quelconque : dope, prostitution, armes…

– Ou pierres précieuses ? demanda Jérémy.

– Pas impossible, mais il en faut des diamants, des

kilos de diamants bien taillés… Les sommes dont on parle aujourd'hui se payent en dizaines ou en centaines de carats !

Intervention d'une brigade spéciale dirigée par le président de la République, découverte d'une bourse de pierres précieuses unique en son genre, trouvaille d'un listing de VIP dissimulés sous les traits de poèmes mal ficelés, un cadavre énucléé, un homicide a priori déguisé en suicide au bout du monde, un enlèvement, un cas avéré de polygamie, suspicion d'usage de faux papiers, manipulations informatiques, mises sur écoute et fausse brigade pour poser des scellés. Les étoiles de la galaxie obscure qui composaient l'enquête Delvingt prenaient doucement place. Les faits s'alignaient, les rôles se définissaient. Quels étaient les motifs de l'organisation qui magouillait derrière tout ça ? Le fric ? Le pouvoir ? Comment l'entrepreneur auscitain, l'artisan gersois, le petit patron gascon s'y retrouvait-il mêlé ? Visé ou responsable ? Avait-il été au fait des événements, laissant les rênes à sa deuxième épouse ? Ou s'était-elle servie de lui ?
Si Marc Delvingt avait forcément baigné par le passé dans de sombres affaires, restait à savoir pourquoi Surya Patel et la bande mafieuse à laquelle elle semblait appartenir reprenaient du service maintenant. L'intervention de Paris adossée à l'apparition de noms d'industriels et de politiques confirmait l'hypothèse de la question de sécurité nationale. Ou

plutôt de sécurisation des pouvoirs en place. Les notes dissimulées dans les carnets dataient. Dix, douze, quinze ans peut-être qu'ils n'avaient pas été ouverts, et ils correspondaient avec ceux qui, depuis cette période, s'étaient imposés sur la scène du pouvoir, qui dans les sphères de l'État, qui dans les sphères économiques.
Jérémy repensa à son échange avec Simie. Elle avait rappelé que les légendes expliquaient le réel et que, trop rationnel, on en oubliait souvent les messages. Tout ce que Tam venait de leur raconter collait avec les explications de la gemmologue. Impossible que Surya Patel, ou selon le nom qu'elle se donnait, Amara Delvingt, ait pu participer au financement de campagnes électorales ou aux levées de fonds d'entreprises de croissance si les pierres n'avaient pas été vraies. Mais, Surya - Amara était-elle la face visible de l'iceberg ? Impossible qu'à elle seule, elle ait orchestré tout ça. Il manquait forcément des pièces sur l'échiquier.

– Et dans tout ça, tu n'as pas dit pourquoi il te semblait urgent qu'on débarque en Inde ? reprit le commandant.
– Comme je vous l'expliquais, il y a une histoire de fric là-dessous. N'oubliez pas que si Marc est parti en voyage c'était pour faire du business. En écoutant les enregistrements entre le partenaire indien et votre entrepreneur, je te l'ai dit Nico, il m'a semblé que les hommes se connaissaient. Maintenant

que l'on sait que la guide était l'épouse de Marc, on comprend mieux pourquoi son ton mollissait quand elle est apparue dans l'entreprise. Il faut que vous alliez jeter un œil là-bas, dans les locaux mêmes de la société indienne de Jagdeep Singh Cheema. Vous avez vu le logo ?

– De quoi parles-tu ?

– Vous saviez que certains logos cachent des secrets ? Celui de Carrefour par exemple, si l'on regarde attentivement entre le triangle rouge et la flèche bleue, il y a un C, le C de Carrefour. De la même manière, si vous observez attentivement le logo de *Cheema Limited* vous trouverez un svastika identique à celui que vous avez retrouvé sur le front de votre cadavre.

– Et sur celui de notre otage.

Les enquêteurs devaient creuser la thèse de Tam sur l'entreprise Cheema, en savoir plus sur le suicide de Christian Grandjean et sur les pierres précieuses. Les astres s'alignaient à nouveau pour les mener à New Delhi.

Chapitre 2

Douze ans plus tôt, au lendemain du départ de Marc de Bali pour le chevet d'Eva accidentée, un homme s'était présenté dans l'atelier de l'orfèvre. Gringalet, peu amène, l'étranger avait demandé à rencontrer le maître. Ses dents gâtées, ses sourcils épais, sa chevelure éparse et son visage grêlé, tout concourait à en faire un personnage étrange, presque effrayant. Le regard fuyant, il avait tiré de sa poche un morceau de tissu. Après en avoir déplié les pans, l'artisan avait découvert une réplique presque parfaite de la pierre que, quelques jours plus tôt, Marc lui avait demandé de sertir pour son aimée. Pour l'orfèvre, la provenance du deuxième saphir étoilé ne faisait aucun doute. L'homme l'avait trouvé dans les temples de Kalikut.

Quand Marc lui avait confié le sien, l'orfèvre ébloui l'avait interrogé. Il n'avait accepté le travail qu'à condition de connaître l'origine du joyau. Il savait que Marc magouillait, qu'il faisait passer quelques pierres en Europe pour arrondir largement ses fins de mois. Pour l'artisan, pas question de venir mouiller dans la combine. Il était reconnu par ses pairs pour son honnêteté et sa droiture morale et refusait de voir un trésor supplémentaire quitter son île pour servir les intérêts d'étrangers mal intentionnés. Marc avait plongé ses yeux dans les siens et, d'une voix doucereuse lui avait raconté la légende de Kalikut. Comme hypnotisé par le récit du voyageur, convaincu des liens célestes qui unissaient les amants, ligoté émotionnellement par les nœuds de son estomac, il avait cédé. Marc l'avait définitivement rassuré sur la différence entre les pierres qu'ils « exportaient » et celle qu'il lui présentait, assurant qu'il n'aurait jamais joué avec les pierres de Kalikut. Depuis, les anges venaient parler à l'orfèvre en rêve.

Du saphir de Marc, l'orfèvre confectionna un talisman unique, un svastika d'or fin au cœur duquel il déposa le saphir étoilé. Le bijou, une fois béni par la Lune et les Dieux de l'Amour devait rejoindre Mère la Terre pour protéger tant Amara que leur idylle. Marc Delvingt devait repartir bientôt pour mettre de l'ordre dans ses affaires, promettant un retour prochain, accompagné de son enfant. En attendant, le talisman éloignerait les dangers menaçants. Or, l'accident d'Eva à Auch et la perte de leur enfant causèrent tant de chagrin dans le cœur de l'entrepreneur qu'il ne parvint pas même à se rappeler ses projets. À Bali, les attentats de Kuta furent plus puissants que la pierre et Amara perdit la vie. Le talisman, Marc le découvrit avec Marie, finit lui aussi par disparaître des racines protectrices de l'hibiscus.

À l'évocation de la mort d'Eva, l'orfèvre modéra les propos.

– Le corps céleste de ta mère Marie, autrement dit son âme demeure emprisonnée mais elle n'a pas été détruite. Dans l'éclair d'un regard, il ajouta : il ne tient qu'à toi Marc de la libérer.

– Peut-on avoir copié votre travail Nyoman Balik ? demanda l'entrepreneur sans parvenir à déchiffrer les derniers mots de l'artisan.
– Impossible, répondit l'orfèvre. Mes élèves savent approcher du résultat final mais seul celui qui a reçu de la bouche d'un maître ce savoir-faire millénaire pourrait y parvenir totalement. Et, chez nous, l'éthique est si forte qu'aucun détenteur de cet art n'oserait même imaginer copier le travail d'un confrère.
– Ce qui signifie, compléta Marc, que si j'avais vu un bijou identique au cou d'une autre femme, il serait forcément celui d'Amara ?
L'orfèvre ferma les yeux et opina du chef.

Quelques jours après l'apparition de l'homme dans l'atelier de l'orfèvre, on retrouva un cadavre dans le plus luxueux resort de l'île. Le scandale fit la une de la presse. Un touriste étranger avait trouvé la mort sans que la police locale parvienne à en identifier l'auteur. La scène de crime fut rapidement nettoyée mais les Balinais, terrifiés, refusèrent d'y travailler plus longtemps, invoquant que les esprits malins rôdaient alentour. Les prêtres vêtus de blanc s'y succédèrent dans d'interminables cérémonies de purification. L'arrêt de l'activité finit de sceller le destin du complexe hôtelier que les tours opérateurs délaissaient plus par peur de voir leurs clients moins bien servis qu'à l'ordinaire que par superstition. Le patron de l'établissement n'eut pas d'autre choix que de mettre la clef sous la porte. Depuis douze ans, la végétation y reprenait ses droits et en avalerait bientôt complètement les ruines.

Marc comprit immédiatement que le resort dont parlait l'orfèvre était celui où il avait passé sa dernière nuit avec Amara, celui-là même où Marie l'avait conduit après qu'ils aient découvert le charnier et où, en d'autres temps, le voyageur avait recruté les touristes qui transporteraient les pierres à rapatrier en Europe.
L'orfèvre laissa Marc tisser ses conclusions, se contentant de le regarder d'un air entendu. Puis il avoua qu'il n'était pas parvenu à lier les éléments entre eux jusqu'à ce qu'en rêve les images finissent par parler d'elles-mêmes.

Chapitre 3

En sortant de l'aéroport, le choc s'avéra brutal : une chaleur étouffante, des centaines d'individus gesticulant, hurlant, grouillant, des klaxons donnant la réplique aux rabatteurs en veste brune qui tentaient d'alpaguer touristes et autres hommes d'affaires vers leurs collègues taxis. Nicolas Duclos indiqua le nom de l'hôtel à leur chauffeur où, d'après ce que lui avait dit Michelle de LGSA, était descendu son patron, précisant à peine, *Connaught Place*. L'homme se contenta de dodeliner de la tête de droite à gauche, le cou comme désarticulé, complétant l'affirmation d'une question.

– D'où venez-vous ? s'enquit-il dans un anglais aux r roulés et chantants.

La réponse eut un effet magique sur le chauffeur. En découvrant que ses clients arrivaient de France et visitaient l'Inde pour la première fois, il se mit aussitôt à débiter les quelques mots et phrases de la langue de Molière appris auprès de précédents voyageurs. Tout de suite, il leur signala en français que la course leur coûterait une centaine d'euros et, quand Nicolas demanda à ce qu'il mette plutôt en route le compteur, il s'excusa mais l'appareil ne fonctionnait malheureusement plus pour le moment. L'homme savait compter en euros, peut-être mieux qu'en roupies, ne parvenant pas même à donner l'équivalent du montant de sa course dans sa propre monnaie.

Il prenait les devises étrangères – *no problem sire* -, et acceptait même les paiements en Mastercards et autres American Express. Là où il y avait de l'argent disponible, il fallait le prendre. Le chauffeur fit ronfler le moteur et, quand le premier feu passa au vert, hurla « c'est parti mon kiki ! » riant intérieurement de la première leçon que les étrangers naïfs prenaient malgré eux.

Les sièges, en mauvais skaï élimé, étaient déchirés et les accoudoirs des portes collaient de crasse. Le loquet pour faire coulisser les fenêtres restait coincé et, évidemment, la climatisation ne fonctionnait pas, elle non plus. Sur le tableau de bord, une photographie en noir et blanc photocopiée représentait un vieillard à barbe blanche, assis en tailleur, le corps entouré de longs pans d'étoffes, les cheveux relevés sur le haut du crâne en un chignon. Une guirlande d'œillets orange encadrait la photo de l'homme aux côtés de laquelle se trouvait une vignette type bande dessinée représentant une divinité à la peau bleue.

Le commandant l'interrogea :

– Qui est cet homme ?

– Guruji !

– Et le personnage à la peau bleue ?

Le chauffeur pila pour éviter un vélo. Il se retourna comme choqué par la question, avant de répondre en articulant distinctement les deux syllabes.

– Shiva.

Simie avait parlé au Toulousain de cette figure de l'Hindouisme. Dans la Trimurti - ou Trinité hindoue, Shiva incarnait la destruction, Brahma était le créateur et Vishnu le protecteur. Mais, d'après ce qu'avait raconté la gemmologue, Shiva était aussi celui, au travers de la chevelure duquel coulait le Gange.

La question l'avait apparemment vexé, car l'homme se renfrogna et ne décrocha plus mot jusqu'à destination, abandonnant les enquêteurs au choc inévitable d'une première arrivée en Inde.

La circulation dans les rues de New Delhi était délirante. Voitures, bus, vélos se faufilant en faisant tinter leurs sonnettes métalliques, charrettes à bras chargées à ras bord de sacs de marchandises, motos, scooters, pousse-pousse bringuebalant sous le poids de grosses dames, *rickshaws* en mini kart vrombissant, tout ce qui pouvait rouler et hurler se croisait sans cesse dans une étrange harmonie, ne renversant pas même les piétons sur les morceaux de béton inégaux qui servaient de trottoirs. Dans leur expédition, les agents tout juste débarqués croisèrent encore quelques vaches faméliques, un buffle, deux ou trois chèvres, un éléphant et, sur les toits des bidonvilles qu'ils aperçurent au loin, des bandes de singes agiles sautant de terrasse en terrasse, s'agrippant gueule et queue au fatras des installations électriques.

Le taxi roula pendant près de deux heures avant de rejoindre le centre névralgique de la ville. À *Connaught Place*, les OPJ espéraient trouver les deux derniers entrepreneurs du groupe escorté par Surya Patel de MyBB avant de rejoindre le commissariat de la police locale pour éclaircir l'étrange suicide de l'un d'eux.

Connaught Place, faste colonial britannique du début du siècle dernier étendait ses arcades et boutiques de luxe autour de deux voies circulaires où le trafic continuait dense mais sensiblement plus sécurisé. Après leur rapide traversée des bidonvilles en périphérie, les enseignes américaines et les costumes sombres faisaient de cette place un îlot occidental inattendu où tailleurs et jeans dénotaient avec les dhotis et les saris traditionnels des quartiers moins huppés. Au centre de la place, un drapeau de plus de cinquante mètres flottait dans les airs, déployant les trois bandes de couleurs et la roue en son cœur.

Jérémy Diaz et Nicolas Duclos descendirent du véhicule. Le brigadier déplia la carte qu'il avait récupérée au comptoir de l'office du tourisme du gouvernement indien à l'aéroport et identifia rapidement au point bleu la localisation de l'établissement de luxe qu'ils cherchaient. Pourtant, ils marchèrent pendant plus de quarante minutes sous un soleil ardant avant enfin d'y parvenir, à croire que le plan n'était pas tout à fait à l'échelle.

Au comptoir de l'accueil, les flics présentèrent leurs cartes de fonctionnaire de police français. Le jeune homme pâlit et indiqua deux hommes qui, l'air dépité, prenaient le thé dans le patio.

Pendant que Jérémy rejoignait Laurent Dumoulin et Richard Aubry qui se regardaient dans le blanc des yeux, la mine défaite et le visage fatigué, Nicolas

Duclos demanda au gérant de l'établissement à vérifier deux ou trois informations administratives. Il consulta les agendas des deux semaines précédentes, passa au crible les journaux de signature et les tableaux de réservation. Les noms des quatre entrepreneurs enregistrés avec Marc Delvingt sur le vol Air France, confirmés par Erica Norma, la chargée de clientèle de la compagnie aérienne, correspondaient aux copies des passeports et signatures qu'il y trouva. Mais pas trace d'une accompagnatrice, encore moins ni d'une certaine Surya Patel, ni d'une Amara Delvingt dans les registres.

Il rejoignit les hommes accoudés au bar de l'hôtel. Quand les enquêteurs se présentèrent dans leur langue, Nicolas Duclos nota le mouvement de recul du premier, le regard de défiance du second. Sexagénaires aux tempes blanchies et lunettes correctrices, ils paraissaient plus inquiétés de la présence des officiers qu'étonnés. Chacun à son tour étudia minutieusement les cartes professionnelles des enquêteurs, comme si leurs commissariats de rattachement, Auch et Toulouse, les rassuraient.

– C'est la deuxième fois que la police française nous interroge cette semaine, commença le premier.

– Mais, maintenant, on sait pourquoi, compléta le second.

– Pouvez-vous reprendre les faits dans l'ordre, les coupa Jérémy impatient.

Tour à tour, ils relatèrent les événements étranges dans lesquels le départ précipité de leur camarade de voyage auscitain les avait plongés. Au matin, ils avaient découvert surpris que Marc Delvingt avait quitté l'Inde sans un mot d'adieu. Puis, la presse internationale avait annoncé dans ses pages monde, les événements survenus dans l'environnement de la Confiserie de la préfecture gersoise. Les entrepreneurs avaient découvert simultanément le décès de l'épouse du dirigeant et l'enlèvement de son bras droit. Pourtant, chacun des trois dirigeants qui l'avait accompagné ici, avait poursuivi sa mission commerciale indienne. Mais, le jour suivant, ni Surya Patel leur guide, ni Christian Grandjean leur collègue, ne s'étaient plus présentés aux rendez-vous collectifs ou aux repas.

Ils finirent leur récapitulation sommaire des événements en précisant qu'à cette heure-ci, ils auraient dû être en train de visiter les splendeurs du plus imposant mausolée du monde à Agra, au lieu de quoi, ils se retrouvaient seuls pour le week-end, dans une ville inamicale et étouffante.

– Vous disiez que la police vous a déjà entendus cette semaine ? reprit Nicolas Duclos.

– Hier matin, nous avons chacun été tirés de notre lit aux aurores par les membres d'élite d'une brigade, qui – d'après ce qu'ils nous ont dit – serait affiliée à Interpol et à l'Élysée.

– Encore eux, souffla Jérémy. Que vous voulaient-ils ?

Le commandant remarqua une plaie fraîche à l'arcade sourcilière du premier. Le second avait la lèvre fendue.

– Ils nous ont enfermés dans nos chambres pour… comment dire… un interrogatoire musclé, chuchota le plus grand.
– Mais, dans le talkie-walkie d'un des agents, confia l'autre, j'ai clairement entendu « maquille ça, fissa ».
La voix tremblante, il mena la cuillère à sa bouche avant de demander :
– Vous croyez, inspecteur, que… qu'ils parlaient de…
– Car, reprit l'autre, au matin suivant, la police locale découvrait…
– … Que votre collègue Christian Grandjean s'était suicidé par pendaison en dessinant un svastika au miroir de sa salle de bain, c'est bien ça ? compléta Jérémy Diaz.
Aucun d'eux ne commenta. Ils ne voulaient, ne pouvaient pas y croire.

Les flics abandonnèrent les entrepreneurs à leur chaï trop sucré, leur recommandant au passage de rentrer chez eux. Ils leur rappelèrent amicalement qu'en l'état actuel des choses, leurs familles devraient prévaloir sur leurs entreprises et que la situation se révélait trop macabre pour continuer de privilégier les secondes au détriment des premières.
Les informations qu'ils venaient de collecter rendaient le mystère plus épais encore. Selon Tam cette brigade avait bloqué les moyens de communication entre les Delvingt et nettoyait assidûment la boîte

mail d'Eva Delvingt depuis des mois. Et, maintenant, les enquêteurs découvraient que ces mecs étaient passés avant eux pour interroger « énergétiquement » deux témoins clefs de leur enquête. Plus question de se rendre au commissariat local. Ils devraient se débrouiller seuls et ils commenceraient par chercher à en apprendre plus sur l'entreprise Cheema où s'était rendu Marc.

Sur le perron de l'hôtel, ils aperçurent, de l'autre côté de la rue, deux hommes en uniforme de la police locale. Était-ce la chaleur ou l'air poussiéreux qui les faisaient suffoquer, qui leur donnait l'impression étrange d'être épiés, surveillés ? Ils tournèrent les talons, cherchant à tout prix à éviter la rencontre avec leurs confrères indiens. À qui se fier, quand même leurs collègues parisiens semblaient, à chaque découverte, de plus en plus impliqués dans la succession funeste qui se déroulait sous leurs yeux ? Ils pénétrèrent sous un porche pour respirer un moment. Dans la cour principale, hommes, femmes et enfants, vieillards comme résignés, faisaient la queue devant les bureaux de traumatologie ou d'obstétrique. L'hôpital public recevait les malades au seuil de la mort pour leur administrer un dernier soulagement, démunis face à la misère générale, ses médecins y manquant de tout : de médicaments, de personnel soignant mais surtout de temps. Nicolas tira son acolyte par la manche, pas question de rester dans ce mouroir.

Ils coururent vers l'extérieur, cherchèrent à traverser

pour rejoindre le quartier des routards qu'indiquait la carte. La moitié des rues n'y existaient plus quand d'autres étaient soudainement apparues du néant. La circulation effrénée les laissa un moment figés au niveau d'un passage piéton. Les feux verts et rouges clignotaient en même temps, rendant difficile la traversée. Là encore, deux hommes en uniforme observaient les voitures passer sans bouger, les yeux perdus dans le vague. Ils finirent par les dépasser puis longèrent une large voie où les agences de tourisme se succédaient, toutes plus officielles que leurs voisines. Ils entrèrent dans un labyrinthe de ruelles où cybercafés et boutiques de souvenirs artisanaux pour baba cool se suivaient, leurs façades surmontées d'hôtels bon marché où hygiène et confort laissaient à désirer.

Ils choisirent un de ces cafés internet et un jeune homme leur désigna un ordinateur. Ouvrant le moteur de recherche, ils tapèrent le nom de l'entreprise que leur avait donné Tam à l'aéroport. En un instant, ils obtinrent l'adresse des entrepôts de *Cheema Limited.*

À l'extérieur, une petite fille remplissait des bouteilles en plastique à l'unique robinet de la rue. Elle laissa la place à un vieil homme qui, ôtant sa tunique, s'y savonna et s'y rinça. À deux pas, une jeune mère allaitait son nourrisson, assise par terre, les pieds nus. Entre les plis de son sari déchiré apparaissaient ses côtes saillantes. Ils marchèrent quelques mètres, croisèrent une procession de fidèles de Krishna chantant en toges orangées, le crâne rasé, embaumant l'air de leurs bâtonnets d'encens, des guirlandes de soucis autour du cou. De retour près de la grande artère, deux *rickshaw*s-wallahs dormaient assis sur le siège de leur pousse-pousse, les pieds allongés sur le guidon. Nicolas héla du bras un auto*rickshaw* vert et jaune et lui montra le morceau de papier où était écrite l'adresse de l'entreprise à Gurgaon.

Alors que Duclos s'était déjà hissé dans le tri-roues motorisé, un homme attrapa le pied de Jérémy. Fluet, vêtu d'une dhoti blanche et d'un kurta jaune safran, le crâne rasé et une épaisse barbe blanche, ils étaient passés devant lui sans presque le voir. Assis à même le sol, dans la position du lotus, les yeux fermés et la colonne plus droite qu'un piquet, il était en train de méditer, quand quelque chose chez le commandant avait attiré son attention.

– Ton horoscope est formel. Tout ce qui t'arrive ces derniers temps est le résultat de l'entrée de Saturne qui séjourne maintenant en cinquième maison. La période défavorable durera encore.

– Lâchez-moi, hurla l'officier.

– La seule solution, répondit le Guru, c'est de trouver un saphir bleu qui viendra en contrebalancer l'influence néfaste.

Chapitre 4

Depuis douze ans que Marc avait confié le saphir étoilé à l'orfèvre, à chaque pleine lune revenaient les rêves. Et, depuis quelques semaines, ils ne le lâchaient plus.

Il avait d'abord vu Marc et Amara filant le parfait amour. Il les avait vus enterrer le bijou au pied de l'hibiscus. Il vit le télégramme et Eva percutée par le chauffard. Il vit l'âme de l'enfant s'envoler, il ressentit le chagrin paralyser l'entrepreneur. Il vit un homme parcourir l'île à la recherche d'Amara. Il le vit emprunter le sentier, un morceau de papier à la main. Un morceau de papier rédigé de la main de Marc Delvingt. Il vit les yeux de l'homme briller en découvrant l'existence de Kalikut, de ce village légendaire qu'il croyait une fumisterie pour touristes avides de tours de magie au long cours. Il vit l'homme caresser les statues du temple.

Puis il le vit grimper dans un bateau jukung bleu et jaune en partance pour Jakarta. Il le vit rire, ivre d'excitation raconter à son voisin l'incroyable découverte qu'il venait de faire. Il vit l'autre l'arracher de l'embarcation, le tirer par la manche. Il vit les hommes se battre jusqu'à ce que le messager finisse par asséner un violent coup sur le crâne de son adversaire et le laisser sans vie derrière un bungalow. Dans son rêve, le corps de celui qui l'avait tiré du bateau, tentant de l'empêcher de divulguer la découverte, s'enfonçait dans la glaise comme dégluti par des sables mouvants de passeports colorés de toutes les nationalités, une pluie de pierres précieuses inondant le tombeau. Il vit la police interdire l'accès à l'établissement balnéaire et les lianes déployer leurs ramifications jusqu'à embrasser presque totalement les toits de palmes et les terrasses de tek. Il vit l'homme courir jusqu'à sauter dans le bateau qui s'éloignait. Il le vit dans les rues des antiquaires de la capitale indonésienne. Il le vit souvent retourner sur les traces du village magique.

Puis, il vit les visages de personnages lointains, d'étranges hommes d'affaires bidouillant dans leurs garages, devenir d'importants entrepreneurs. Il les vit, accaparant les scènes et les plateaux de télévision. Il vit aussi un homme, petit et benêt, les bras ballant le long du corps grimpant les marches de l'hôtel de ville d'une commune entourée de champs et de coquelicots. Il le vit s'afficher en Une des journaux, une écharpe tricolore autour du buste, son visage souriant dans les écoles, les commissariats et les mairies.

Il vit des valises de billets de banque se déverser sur les chemins escarpés de son île. Il vit des billets de banque tachés de sang, un océan de sang immergeant son île.

Il vit arbres et fleurs sangloter, il entendit les hurlements des cieux et du vent pendant des nuits entières, incapable de les faire taire. Il sentit ses membres comme arrachés, s'éveillant en sursaut persuadé qu'on lui avait vidé les orbites et arraché les bras et les jambes.

Puis, il ne le dit pas à Marc mais il le vit en entrepreneur s'envoler dans les brumes de la fumée d'un encens odorant, le corps se déhanchant aux rythmes de tambours martelant. Et il vit l'homme à qui Marc avait confié le mot pour Amara, placer ses mains sur le cœur, en namasté respectueux devant les portes d'un entrepôt où, un svastika stylisé était représenté.

Les Delvingt étaient épuisés par le voyage, par les émotions et par les kilomètres parcourus et n'avaient pas encore cherché où dormir. L'orfèvre leur proposa de rester pour la nuit.

Chapitre 5

Le chauffeur refusa d'aller plus loin. Il encaissa la course et déposa ses passagers devant un boui-boui où des hommes prenaient le thé. Un homme, penché sur l'oreille d'un des clients de la gargote, une longue paille en métal dans la bouche, enfila un morceau de coton sur le bout d'une pique comme pour lui nettoyer le conduit auditif. Ébahis, les policiers le virent ôter de l'oreille, un caillou noir de la taille d'une phalange qu'il jeta sur le sol. Le client, relevant la tête, dévisagea les officiers. Ils s'approchèrent, les regards les défiaient. Quand ils demandèrent où se trouvaient les entrepôts de *Cheema Limited*, le client du nettoyeur d'oreille pointa son index vers la première rue à gauche. Puis il tourna la tête, signifiant que les Français n'étaient pas les bienvenus. Quelques mètres plus loin, un barbier passait sa lame sur le menton mousseux d'un client. À la même question, il indiqua le chemin opposé. Les enquêteurs marchèrent longtemps, la peur au ventre, intimement persuadés qu'on les suivait.

– Dis Nico, les flics locaux là-bas, ne sont-ils pas les mêmes que ceux qui surveillaient le passage piéton près de *Connaught Place* ?

– Arrête ton délire Jérém', tenta de le rassurer son collègue, ils ne se ressemblent pas, c'est impossible. Ce n'est pas parce qu'ils sont tous petits, le visage chocolat et affublés d'une barrette de moustache sur le nez que… et puis tu crois pas que nous aussi, en France dans nos uniformes on doit leur donner l'impression d'être les répliques les uns des autres ?

Ils tournèrent longtemps, dévisageant chaque passant. Jérémy maintenait qu'il avait l'impression d'en avoir déjà croisé plusieurs.

– Tiens fit-il remarquer, le mec là-bas qui lit le journal, tu ne trouves pas qu'il ressemble étrangement au mec qui se lavait au robinet de Pahar Ganj ? Et la femme là-bas près de l'étal à légumes le nourrisson dans les bras, ce n'était pas celle qui allaitait son enfant ?

Nicolas devait avouer que les ressemblances étaient troublantes mais, à nouveau, il rassura Jérémy, mettant au crédit du choc que provoquait en eux leur arrivée en Inde, adjoint aux témoignages des entrepreneurs à l'Europa Inn et aux mystères qui ne cessaient de s'accumuler.

– Il paraît que certains touristes français sont devenus fous ici, tu sais… L'Inde ne laisserait personne indifférent.

Après avoir navigué à vu dans le dédale des rues de longues minutes, ils aperçurent enfin de gigantesques entrepôts. Les bâtiments semblaient déserts mais le logo sur la façade confirmait qu'ils se trouvaient au bon endroit. Aux alentours, pas âme qui vive. Jérémy Diaz abaissa la poignée et

la porte grinça. Dans le clair-obscur des locaux, le silence. Nicolas suivit son collègue déjà à l'intérieur. Employés et machines avaient récemment été déménagés. D'imposantes marques de poussières au sol attestaient qu'on y avait fraîchement déplacé de lourds engins, laissant au passage quelques empreintes de pas bien noires. Ils inspectèrent chaque bureau, ne trouvant pas trace d'activité, ni dossiers, ni ordinateurs. Enfin, au milieu de la pièce principale, ils découvrirent, esseulée, une ballerine rose. La ballerine rose d'Eva Delvingt. Celle qui manquait sur la scène de crime.
Jérémy se baissa pour la ramasser. Dans son dos, il entendit son collègue pousser un cri. Il se retourna et reçut un violent coup au visage. Une meute enragée d'hommes cagoulés les tabassa jusqu'à ce qu'ils perdent connaissance.

Quand ils s'éveillèrent, ils étaient ligotés l'un à l'autre, enfermés dans une caisse de bois de moins de trois mètres cubes, bâillonnés, les poings liés. L'air se faisait rare, leurs corps leur faisaient mal, leurs estomacs hurlaient famine et leurs gorges sèches de la poussière des rues de la ville réclamaient de l'eau. L'impression tenace qu'ils avaient été surveillés n'était pas le fruit de leur imagination. On leur avait tendu un piège, on les avait observés, surveillés depuis leur arrivée jusqu'à ce qu'enfin, ils arrivent ici où les matraques les attendaient. La douleur les plongea à nouveau dans un sommeil profond, sans rêves.

Les rires d'enfants, le tintement de clochettes et les prières d'un prêtre ponctués par le clapotis de l'eau sur les marches en pierre les tirèrent de leurs comas. À leurs côtés, un homme le corps couvert de cendres, les cheveux tirés sur le haut du crâne en un chignon, les observaient au travers de la fumée bleuâtre de son shilom. L'homme riait à gorge déployée.

Chapitre 6

Dans le balé de l'orfèvre, alors que Pierre était resté dans la cour à observer les étoiles et la voûte céleste, Marc s'assit près de Marie.

L'enfant, les yeux mi-clos, tenait la main de son père.

- S'il te plaît Marc, raconte-la-moi encore…

- Il y a bien longtemps, commença-t-il, les peuples vivaient libres et en harmonie. Le monde était composé de villages heureux où seuls comptaient le chant, la danse et les rires. Les Hommes cultivaient la terre pour se nourrir, se réjouissant de l'éclosion d'un bouton de rose comme de l'apparition des premiers fruits d'un cerisier. Ils priaient leur père le Ciel et leur mère la Terre de leur fournir de l'eau et suffisamment d'amour pour donner la force aux éléments de maintenir l'équilibre de la vie.

Tous les ans, un grand concile réunissait les savants de toutes les nations à Bali. La rencontre se tenait dans un petit village situé sur les hauteurs du volcan Agung, à l'endroit même où surgissait de Terre le fleuve sacré Ayung, division indonésienne du Gange indien que Shiva, dans sa colère céleste, avait fait rejaillir sur l'île des Dieux.

En des temps immémoriaux, les premiers habitants du village avaient découvert la présence de pierres brillantes dans les limons argileux rougeâtres qu'ils avaient élus pour bâtir les fondations de leurs

nouvelles habitations. Ces pierres étaient dotées de pouvoirs magiques.
Il suffisait aux nations de l'Antiquité de caresser le verre d'une de ces gemmes, de se frotter le visage de la terre rougeâtre du sol et de réciter quelques mantras magiques pour voyager à travers l'espace et le temps. Les Incas échangèrent ainsi avec les peuples d'Asie Centrale, d'Islande, de l'île de Pâques et avec les Égyptiens. Les vestiges architecturaux, notamment, de ces civilisations disparues demeuraient aujourd'hui la preuve des partages qui occupaient annuellement les savants.
Une année, poursuivit Marc, les artistes les plus talentueux furent conviés à participer à la fête. On leur confia les pierres magiques et de la terre de glaise pour qu'ils confectionnent les statues du temple qui incarneraient l'union entre leurs peuples. Peintres, sculpteurs, auteurs et musiciens se pressèrent à Kalikut. Les uns composaient de jolis airs pour inspirer les sculpteurs, les autres travaillaient aux accords des couleurs des divinités quand d'autres, enfin, écrivaient une nouvelle mettant en scène les artistes, un sonnet pour exacerber leur créativité. En ces temps reculés, les arts n'étaient pas dissociés. Comme les nations ne pouvaient vivre les unes sans les autres, les artistes ne pouvaient sublimer le réel sans le soutien de leurs confrères.
Les savants étudièrent le phénomène avec beaucoup d'intérêt. Ils en tirèrent des conclusions sur les ingrédients essentiels au maintien de la paix

entre les peuples. Selon leurs observations et les longues analyses qui en découlèrent, il ne leur paraissait donc impossible de garantir la paix sans que chacun s'épanouisse dans son domaine, tout en demeurant soutenu par l'ensemble de la communauté. L'échantillon des artistes mis à l'échelle du monde confirmait que seule la sérénité de chacune des nations assurait l'avenir de l'humanité et de son harmonie.

Or, tour à tour, les grandes civilisations disparurent et le sang finit par maculer jusqu'aux dernières qui résistaient à l'extermination systématique. La jalousie et la colère remplacèrent le chant et la danse, les rires s'éteignirent.

Pendant plusieurs siècles, seul un peuple parvint à échapper au carnage : celui de Kalikut. Protégés par les statues que les artistes avaient alors confectionnées, à l'abri au cœur d'une dense forêt primaire et les pieds dans la glaise rougeâtre de leur terre magique, les habitants du village attendaient. Tel l'orage, ils croyaient que la colère des Cieux laisserait la place au soleil et que de nouvelles civilisations verraient le jour pour qu'enfin le monde retrouve l'harmonie et la douceur d'antan.

Ils se trompaient. La magie ne revint pas et la cupidité les terrassa. Les statues furent détruites et les joyaux éparpillés aux quatre coins du globe.

Mais, plus qu'une civilisation, c'était l'équilibre même entre le Bien et le Mal qui était menacé. Désormais, il se trouvait en chacun, laissant aux individus la liberté de choisir quelle part d'eux-mêmes ils préféraient privilégier.

Marie s'était endormie, Marc abandonna son récit. La suite de l'histoire, ils allaient la vivre ensemble, tentant de sauver ce qui restait de Kalikut.

Chapitre 7

En découvrant les visages ahuris de ses invités, Baba Ganga rit à gorge déployée. Dans la demi-obscurité de soleil levant, la boule rougie du matin émergeait lentement de l'éclat sombre des eaux du Gange où de petites embarcations promenaient les touristes émerveillés. Le Sâdhu s'amusait de voir les policiers français s'éveiller au son des prières de l'aurore. À perte de vue s'étendaient les marches de pierre millénaires le long de la berge. Au loin, de fines volutes de fumée marquaient l'emplacement des ghâts de crémation, où les bûchers funéraires emportaient aux cieux les âmes des défunts, et se perdaient dans le manteau brumeux du jour naissant. Des centaines de dévots venaient se libérer des derniers vestiges du sommeil, étirant leurs muscles en de langoureuses postures de yoga. Des femmes frottaient de longs pans de tissus colorés qu'elles étendraient ensuite sur les marches baignées de soleil. Les théières sifflaient sur les foyers incandescents, les enfants jouaient à soutirer quelques roupies aux touristes, échangeant de menues coupelles de fleurs et de cire à embraser sur le fleuve, les mains en prières pour de belles salutations au Soleil.

Dans les nuages de fumée de son shilom, le corps nu, couvert de cendres et les cheveux bien mis en un chignon de dreadlocks grossières, les mains jointes sur le cœur, le Sâdhu se racla la gorge d'un dernier rire.

– Namaste.
Sa voix était éthérée mais le ton caverneux, comme provenant des cieux.
– On m'appelle Baba Ganga. Bienvenue sur les ghâts de Kashi. Le voyage que vous avez entrepris n'est pas celui que vous attendiez mais, au fond, peut-être celui que vous espériez.
– Comment est-ce possible, bégaya Jérémy. Que faisons-nous ici ? C'est un rêve n'est-ce pas ?
– Bénarès, reprit le Sâdhu, est la ville sainte de l'hindouisme. Les pèlerins s'y pressent au moins une fois dans leur vie, s'immergent dans les eaux du fleuve et suivent un parcours précis de visite des temples qui en hommage à Durga, qui à Shiva, qui à Ganesha. Ceux que vous voyez là-bas consultent des astrologues leur promettant meilleure fortune ou un bon mariage pour leurs filles. Ça ne vous rappelle rien ?

Plus haut, en retrait de la rive, touristes et pèlerins curieux achetaient des souvenirs à rapporter à leurs proches, bénis des eaux du fleuve sacré.
– Vous ne répondez pas à la question. Qui êtes-vous et comment sommes-nous arrivés ici ? répéta le Toulousain.
– Connaissez-vous la Gita, notre livre sacré ? Savez-vous ce qu'il dit ? Il dit qu'il existe deux entités en ce monde : les périssables et les impérissables. Le corps physique de tous les êtres est périssable, mais l'atma – l'âme - est impérissable. Les armes ne peuvent l'atteindre, le feu la brûler, l'eau la mouiller

ou le vent s'envoler. L'âme est éternelle, omniprésente, invariable, immuable et immortelle.

– Quel rapport ?

– Cela signifie que celui qui parvient à faire chanter son cœur peut faire voyager son âme au-delà des frontières du temps et de l'espace.

– Simie, articula le commandant m'a parlé de vous, elle disait que vous pourriez nous aider à comprendre le rôle des pierres de la légende de Kalikut.

– N'avez-vous pas compris qu'en Inde il faut savoir être patient ? Rit bruyamment le Sâdhu. Je vous dirais tout mais d'abord vous devez vous libérer.

Il fit rougir le foyer de sa pipe, recracha une épaisse fumée et désigna le fleuve.

Chapitre 8

Le jour reculait. Lentement la bulle de feux s'approchait de la cime des palmiers. Les rizières inondées se muaient en miroir de l'âme des cieux rosés. Les rouges, les mauves, les orange se mêlaient aux bleus et aux verts palpitants, les geckos faisaient résonner leurs chants ponctuant le ronronnement continu des grenouilles sautillantes.

Dans le balé, les parfums de riz et de curry embaumaient l'espace, les femmes dispersaient encore ça et là quelques paniers de fleurs, de riz gluant et d'encens. Des hommes sous l'auvent en feuilles de bananiers travaillaient en tailleur au contour d'une déesse, au sourire d'une femme ou à l'équilibre des couleurs d'un ciel. Des musiciens faisaient sonner leurs cymbales et résonner les gamelans. Ailleurs, on finissait l'émail d'un bijou ou le tressage d'une panière. Les plus âgés enfilaient des fleurs de frangipaniers en guirlandes ou rapiéçaient un sarong ou un kebaya de dentelles. Chacun, à sa manière et selon ses aptitudes, préparait la plus importante cérémonie du mois.

Pierre était resté à l'extérieur, laissant l'immuable quotidien des habitants le bercer. Il sentait les rêves l'emporter.

L'orfèvre fit un signe à l'entrepreneur pour qu'il laisse son père se reposer et qu'il le rejoigne. Marc s'assit près de l'artisan.

– As-tu parlé à Madé récemment, lui demanda-t-il.
– Pas depuis plusieurs jours, répondit le Français.
– Te souviens-tu de ses mots ? Te souviens-tu de la mission qu'il t'avait confiée quand tu es venu le trouver pour lui demander la main de sa fille ?
– Pas vraiment…
– Quand tout le monde espérait encore ton retour, il était venu me voir. Il m'avait assuré qu'il savait que tu viendrais s'il lui arrivait quelque chose. Il m'a demandé de mémoriser les mots par lesquels il t'avait confié le cœur de sa fille. Je les ai répétés si souvent, priant intérieurement de ne jamais avoir à les répéter.
L'orfèvre marqua une pause, leva un instant les yeux vers la Lune qui s'arrondissait doucement puis se mit à réciter :
– « Je te confie le cœur de ma fille pour que votre amour te donne la force de ramener la magie divine des contes au monde. Saisis ton cœur quand tu saisiras ta plume, ensemble ils forment la plus puissante des armes de vie. »
Le balé était agité. La musique devint plus forte, les habitants avaient revêtu leurs plus beaux atours. Marie, reposée, s'était levée. Elle s'était habillée et s'était glissée près de son grand-père. Le crépuscule tombait son rideau obscur. Dans l'immensité du ciel, le ruissellement des canaux d'irrigation des rizières semblait lui murmurer l'évidence. Ce soir, les Delvingt fêteraient, en famille, la cérémonie de la pleine lune.

Chapitre 9

Les membres bleuis par les coups de leurs assaillants, les cœurs chahutés par les découvertes et par l'énergie des ghâts, les enquêteurs s'étaient levés, s'étaient immergés dans le fleuve sacré et avaient prié au temple qui dominait les berges.

Ils avaient ôté leurs chaussures, avaient glissé quelques billets à l'entrée et avaient franchi les portes du lieu saint. Les murs suintaient des pigments sienne et des larmes des fidèles. Une imposante lampe à huile illuminait les icônes de granit et les lingams de Shiva dans le déambulatoire. La sueur des pèlerins recevant les offrandes trouvait son écho dans le parfum des œillets et des roses, des fruits et des portions de riz, de dhals jaunes et des currys de légumes abandonnés au bon vouloir des divinités. La foule se pressait, se heurtait, se bousculait, prêtres et croyants hurlaient, riaient, chantaient au gong des cloches qui ponctuaient les prières. Les policiers s'étaient difficilement frayés un chemin dans le labyrinthe qui menait au Saint des Saints. Là, de son pouce, un brahmane avait marqué leur front de traits grenat et cendre. La statuette entourée du bassin d'une fontaine représentait le Dieu Shiva, le fleuve coulant de sa chevelure, dans laquelle flottait un croissant de lune. La divinité à la peau bleue était assise en tailleur, vêtue d'une peau de fauve, un trident dans la main, la gauche relevée en salutation et un cobra en collier. Il était entouré de son épouse Parvati et de leur fils à tête d'éléphant, Ganesha.

Revenus sur les marches, Baba Ganga observa longuement les officiers de police français.

– Contrairement au christianisme qui oppose le Bien et le mal, la conception du monde pour les hindous ne se limite pas à la dualité. Dans l'hindouisme, il y a trois composantes nécessaires à la vie : la naissance, la vie et la mort. Les uns ne vont pas sans les autres. Il ne peut donc y avoir de création sans conservation puis destruction. Ainsi, la vision du monde pour les hindous est construite sur trois divinités, de forces égales. Brahma, la construction, Vishnu la conservation et Shiva la destruction.

Si j'ai conduit vos pas jusqu'ici, c'est que Bénarès est la ville de Shiva et qu'il vous aiguillera. On raconte que le Dieu aurait construit un puits au niveau de Manikarnika Ghât – ce qui explique qu'aujourd'hui s'y trouve le plus important ghât de crémation – pour retrouver une boucle d'oreille que sa femme Parvati, déesse de la connaissance avait perdu. Ganesha est leur fils. La légende raconte que le père partit en guerre alors que sa femme était à peine enceinte. Quand Shiva rentra, le garçon était presque un homme et il le trouva endormi aux côtés de sa mère. Shiva entra dans une colère noire de jalousie et lui trancha la gorge. Quand il comprit que l'homme était son fils, il fit la promesse aux Dieux de lui donner la première tête qu'il croiserait si on lui rendait la vie. Et, la première créature que Shiva croisa fut un éléphant.

– Encore des légendes, souffla Jérémy, à quoi mènent-elles ?

– Les légendes, comme les symboles expliquent le réel. Écoutez le clapotis de l'eau sur le rivage, laissez l'énergie vous envahir.

Le Sâdhu resta muet un moment avant de reprendre.

– Le svastika qui s'invite dans votre enquête depuis le début, est généralement attribué à Brahma. Pourtant, on l'associe parfois également à Ganesha, le fils de Shiva. Un vers du Véda illustre la forme particulière du symbole ainsi : « une seule vérité, plusieurs chemins. »

Pour les Jaïns, non-violents par excellence, il s'agit du symbole le plus favorable, le svastika incarnant l'harmonie cosmique. Omniprésent chez les bouddhistes, il symbolise en Chine l'éternité, ou le cœur du Bouddha. Au Japon, en Mongolie ou à Taïwan, on utilise même le symbole pour marquer sur les cartes des villes l'emplacement des temples ou des lieux bouddhiques.

– Mais qui est derrière tout ça ? aboya Nicolas.

– Vous avez la réponse en vous. Vous la découvrirez bientôt. Maintenant fermez les yeux et écoutez votre cœur, concentrez-vous sur chaque parcelle de votre corps, sentez dans votre chair l'air pénétrer, les rayons du soleil la réchauffer.

Ôm Namah Shivaya… répéta-t-il trois fois, laissant la syllabe envahir l'espace de sa rondeur.

Quand les roses du soir déposèrent leur douceur sur les marches de pierre descendant vers le fleuve, Nicolas Duclos ouvrit les yeux et demanda au Sâdhu :

– Pourquoi nous avoir choisis, nous ?

– On ne fait que très peu de rencontres cosmiques au cours d'une vie et vous deux, vous vous êtes trouvés. L'amour ne se choisit pas, il se subit. Il est le résultat de l'alignement des astres au moment de vos naissances. Vous étiez destinés l'un à l'autre.

– Et l'enquête ? interrogea Jérémy plus pragmatique.

– Vous avez travaillé à votre Karma dans cette vie, votre engagement et vos choix amélioreront la prochaine.

– C'est ce soir, n'est-ce pas, que les choses vont se jouer ? conclut Nicolas Duclos.

Pendant plusieurs heures, Baba Ganga garda le silence, observant la vie sur les berges du fleuve. Quand il n'y eut plus que les torches pour illuminer les visages et que dans le ciel la lune leur sourit, il prit une dernière fois la parole.

– Qu'avez-vous vu dans le Saint des Saints ?

– Une statue de Shiva entouré de Parvati et de Ganesha, répondit Nicolas Duclos.

– Au front des divinités se trouvaient des pierres, songea son collègue.

– Cette statue a rejoint le temple il y a des millénaires. Elle a été offerte par les habitants de Kalikut à l'issue d'un important concile qui se tenait à Bali chaque année, où se réunissaient tous les peuples de la Terre. Chaque nation de l'Antiquité en ramena une à exposer dans son temple. Quand les civilisations disparurent une à une, Égyptiens, Incas, habitants de l'île de Pâques, elles emportèrent avec elles une statue et ses secrets. Pendant de longues années, seuls les habitants de Kalikut survécurent mais, au début du dernier cycle, la cupidité finit par les dévaster à leur tour.

– En quoi cette légende, reprit Jérémy, peut-elle éclairer notre enquête ?

– En ôtant la vie aux derniers représentants de ces civilisations anciennes, en dérobant et en éparpillant les statuettes ornées de ces pierres magiques, c'est l'équilibre même de la vie qui a été perturbé. Que les hommes préfèrent penser le monde opposant le Bien et le Mal ou s'articulant sur les piliers de la naissance, de la vie et de la mort, tout est toujours question d'équilibre.

– Une seule vérité, plusieurs chemins, répéta pensif le commandant.

– En effet, sourit le Sâdhu surpris de trouver Jérémy sur un autre registre que celui du pragmatisme. L'équilibre donc a été rompu et le monde est en danger. Mais, ce soir, alors que le soleil a rendez-vous avec la lune, il est encore possible d'agir.

Dans un rayon de pleine lune, Baba Ganga frotta ses mains de terre rougeâtre, saisit deux pierres bleues étoilées qu'il noua aux cous des enquêteurs et récita un mantra.

Chapitre 10

Les habitants étaient déjà réunis dans le banjar. L'espace communautaire jouxtait le temple. Les femmes avaient offert leurs peaux caramel aux caresses de leurs plus jolis kebayas de dentelles, soulignant leurs tailles de ceintures de tissus et de sarongs colorés. Les hommes, de leurs chemises blanches, illuminaient le cortège à la lueur de leurs torches. Les gamelans chantaient, donnant la réplique aux cymbales CengCeng, aux Gongs, aux tambours Kendang. En files indiennes disciplinées, hommes, femmes, enfants pénétraient lentement la forêt en direction de la mer, tous souriants. L'orfèvre attrapa le bras de Marc, lui confiant quatre sarongs et deux destars. Chacun doubla le pan de tissu qui recouvrirait ses jambes coiffa le petit foulard rituel sur le haut du crâne. En rejoignant le cortège, l'entrepreneur arracha une fleur blanche et jaune d'un frangipanier pour la glisser sur l'oreille de Marie. Marc saisit la main de sa fille, Pierre suivit.

Des hommes, des femmes, des enfants, futures mamans ou grands-parents défilaient, se croisaient, riaient sur le sentier en direction de la mer. Les chants lancinants des instruments, tambours et cymbales résonnaient dans la tiédeur de fin de journée. Les offrandes embaumaient le sacré, la rencontre imminente avec le divin. Déjà haute dans les cieux, la lune souriait de sa plénitude aux fidèles.

Au fil des croisements entre les sentiers de la forêt, d'autres villageois rejoignirent le cortège. D'autres familles, d'autres contrées, tous s'unissant pour communier à la lune.
Sur la grève, hommes et femmes se répartirent autour des prêtres selon leurs castes d'appartenance brahmana, satria, wesia, sûdra. La cérémonie de communion avec l'astre céleste commencerait bientôt. Les enfants abandonnèrent leurs jeux dans l'écume des vagues pour se rapprocher de leurs parents. La fumée des encens embaumait les paniers de fleurs et de fruits. Ça et là, des clochettes tintèrent. Le silence se fit. Les prêtres entonnèrent des chants sacrés. Hommes et femmes, quelques grains de riz gluant fixés entre les yeux fermèrent leurs paupières, joignirent leurs mains sur le haut de leur tête, une fleur coincée entre les doigts. On répéta le rituel trois fois. Marc semblait dans son élément. Pierre imitait scrupuleusement les mouvements de Marie.

« Je n'ai qu'une minute. Je ne devrais même pas être là. Je ne devrais plus interférer dans votre histoire. Mon Marco. Mon enfant... » Madé sortait des flots, comme baigné d'une lumière céleste, écartant l'écume de son énergie angélique. Ses mouvements fluides, éthérés, caressaient l'étendue maritime. Le vieil homme faisait résonner dans l'immensité ses paroles. Au cinéma, on aurait appelé ça la voix off. Narrateur omniscient et omnipotent, incarné sous les traits d'un petit Balinais à la peau flétrie. La peau froissée et le visage lisse. Le front s'étirant jusqu'aux lèvres. Comme plastifié, son visage sans yeux n'en laissait plus même apparaître les vestiges, comme une malformation de naissance. Seule l'arête aplatie d'un vague nez, deux minuscules narines et les lèvres se mouvant sur un sourire édenté. « Ne laisse plus les esprits t'embrouiller la mémoire, entonna-t-il silencieusement. Ne les laisse plus te cacher la dernière strate de tes souvenirs, la seule qui te permettra de mettre fin à cette terrible aventure. La clef du mystère et la vie de tes amis, de ta fille, de ton père et la tienne ne tiennent qu'à un fil… Ce fil, tu es le seul à pouvoir le dérouler. Marco, Marco… tu as fait un long voyage. Tu as vogué sur les cinq océans, tu as vu l'âme humaine dans ses travers et ses mystères. Tu as aimé et tu as frissonné. Depuis combien de temps n'as-tu pas laissé la vie te guider ? Depuis combien de temps, enfermes-tu tes rêves dans l'oppression de la peur ? Les esprits veillent… Ils veillent à obéir aux demandes que tu adresses à l'univers. Dieu est en toi. Il te suffit de fermer les yeux. Assoupi, il te sourit. Dieu veille sur toi. Il s'égare dans le vivant, dans chacune de ses parcelles, mais n'apparaît que dans tes rêves… Quand, lové dans les draps de ton pavillon, mal assis dans le siège d'un avion, endormi sur le banc d'une église ou, les yeux fermés sur une plage, tu lui laisses la porte ouverte. Ouvre les yeux, dissipe tes craintes, laisse ta mémoire te guider… Laisse ta mémoire s'épanouir à ta conscience… Laisse ta mémoire se libérer des chaînes que tu lui as solidement fixées… Laisse les esprits de tes aïeux, de tes amours, t'accompagner… Cesse de leur demander de te protéger... Tu es le seul qui puisse le faire. Marie t'aidera. Sur Terre.

Quand l'entrepreneur ouvrit les yeux, Madé avait disparu. La prière prenait fin sur un tableau étrange. Le prêtre s'était levé, avait dessiné sur la plage un svastika de terre rouge et argileuse avec, au centre, un œil : l'Œil de la connaissance absolue. Le murmure collectif, rond, chaud d'ômmmmmm se mourut quand une vague vint effacer le symbole en le léchant de son écume.

Alors que les Balinais commençaient à se lever, Marie observa Pierre et Marc attentivement. Elle susurra quelque chose d'inaudible entre ses lèvres graciles. Ses mains rougies du même sable argileux qui avait servi au final flamboyant de la prière, elle déposa chacune de ses paumes sur les yeux de son père et de son grand-père.

L'instant d'après, Marie, en jean, baskets et sweatshirt dernier cri, comme toutes les petites filles françaises de son âge, les regardait, hilare. En pantalons de toile et pulls à cols roulés, le béret gascon en sus sur le crâne dégarni du patriarche. Père, fils et petite-fille se retrouvaient devant la cathédrale Sainte-Marie. À Auch.

Chapitre 11

L'orgue chantait dans le lointain une mélodie aérienne. La pierre taillée, les icônes, l'odeur moite, sensible, apaisaient les cœurs. Une paix d'outre-tombe et sereine qui les rendait légers.
Père et fils conversaient au premier rang, seuls au pied de l'autel. Courant en direction des hommes, l'enfant apparut de derrière un pilier. Depuis leur poste d'observation, les policiers les entendirent prononcer :

– Marc, la pleine lune approche.
– Je sais Marie. Je sais.
– Nous devons y aller. C'est bientôt l'heure.
– Attends… Il manque quelques invités. Encore un instant. Ils sont déjà là.

Un rayon de pleine lune inonda les vitraux de sa lumière. Quelques heures après la cérémonie sur la plage balinaise, l'astre dévoilait à nouveau ses rondeurs dans l'obscurité de la nuit gersoise. La douceur de la cérémonie de purification à la lune était loin et l'amour de la pierre bénie ne suffisait plus à rendre respirable l'air dans la nef. Père et fils suffoquaient.

Jagdeep Singh Cheema et Surya apparurent dans un éclair de lumière de lune, tirant chacun un otage menotté, Jacques – le visage défiguré – et Juliette, les vêtements en lambeaux, du sang sur sa jupe beige. Ils avançaient, pas après pas. L'un dernier l'autre. Jagdeep Singh Cheema, hurlant, riant, grognant, insultant, blasphémant. Surya, souriant. Elle était la réplique parfaite d'Amara. Les mêmes pommettes délicates, les mêmes sourcils à peine visibles, les mêmes cils recourbés, des lèvres identiques de finesse, une peau de soie fine, deux petits yeux en amande parfaitement dessinés, un cou se déroulant sur la courbure d'une petite poitrine exquise, les cheveux dans une longue tresse accompagnant la courbure de ses reins et dont quelques rares mèches se détachaient pour ajouter l'élégance au naturel. Et, dans le clair-obscur que les cierges réchauffaient de leur lueur, le svastika d'or étincelait, chef d'œuvre d'un peintre génial. Artiste choisissant son motif avec minutie, jouant les couleurs et la lumière de sa baguette magique. Elle resplendissait dans le ciel lointain. Elle était lune et astre réunis. Belle entre toutes.

– Je te l'ai dit, Marco, la seule vie que nous voulons, c'est la tienne, cracha l'homme.
Je vais te faire une proposition, poursuivit-il, en acceptant de recevoir la mort ici, comme le dit la légende, sous la bénédiction de la pleine lune, tous rentreront sains et saufs chez eux.

Jagdeep avança lentement en direction de l'entrepreneur, dans la main droite il tenait un Kriss précieux, longue lame torsadée sertie des saphirs étoilés de Kalikut.

– Pourquoi vous en êtes-vous pris à Eva ?
– Elle en savait trop… Une fois qu'elle a servi notre dessein, nous n'avions plus de raison de la garder en vie. Tu sais Marco, ça fait un moment qu'on te cherche… reprit l'homme.
– Bande de pourritures infâmes ! hurla l'entrepreneur.
– Alors dis-moi, 2002, les attentats de Kuta… as-tu vraiment cru à la thèse officielle ?
– Amaraaaa !!!! cria à nouveau Marc, se jetant sur celui qui aurait dû devenir son associé.

Les corps des deux hommes roulèrent à terre. Surya observait la scène avec le détachement d'une statue. Pierre, incapable de mouvement demeurait comme ancré dans le sol. Figé. Il concentra ses forces, à l'image de ce que lui avait montré son fils lors de la cérémonie de la plage, pour qu'ils puissent les partager.
De derrière la colonne qui les abritait, les officiers comprirent qu'ils avaient mal interprété les preuves collectées. Les pièces du puzzle s'assemblaient enfin ; Marc était le dernier à maîtriser le secret de Kalikut et en lui ôtant la vie, l'homme ferait à jamais disparaître la légende, s'assurant richesse et donc pouvoir illimité. Nicolas Duclos et Jérémy Dias bondirent de leur cachette. Marc asséna un crochet du gauche puissant, la tête de Jagdeep heurta le sol. L'homme

se débattit, attrapa Marc par le col approchant dangereusement la lame de sa poitrine. Le commandant toulousain arracha un candélabre et le brisa sur les genoux de l'Indien. La douleur lui fit lâcher prise. La force que Marc reçut de son père lui permit de dégager le poignard à quelques mètres.

Devant l'autel, l'enfant se cacha derrière le corps de son grand-père. Son regard balaya l'autel, les sièges, chaque colonne, puis calmement se ficha dans celui du brigadier. Quand leurs yeux se rencontrèrent, une détonation intérieure, sourde, éclata dans le cœur du flic. Quelque chose en lui se brisait. Une coupe de cristal fracassée en mille éclats, étouffée dans du velours. L'éclair d'une balle fulgurante, projetée par le silencieux des pupilles de l'enfant. Son corps s'écroula sur le sol sans un bruit.

Nicolas Duclos observait son propre corps, devenu vulgaire cadavre, sur le sol des dalles de la cathédrale. Il sentit encore deux paires de mains lui saisir les bras et les jambes. Son corps ne lui appartenait plus. Il n'était plus que l'âme qui avait manœuvré ses chairs, ses os.

Qu'avait-il fait de sa vie ? Si son rôle avait été de les protéger, il n'y était pas parvenu. Il avait bravé sa hiérarchie pour leur venir en aide, il avait joué les anges gardiens et y avait laissé sa vie. De l'humanité qu'il avait individuellement incarnée ne restait que le vague souvenir d'un rêve et la sensation d'une capacité nouvelle à tout embrasser. C'était, sans doute, son chemin de vie. La raison pour laquelle il avait intégré la police. Un rêve de petit garçon. Cette scène, il l'avait déjà vue, déjà vécue, dans un de ses rêves d'enfant. Il avait vu son corps froid, étendu. Il avait senti la crosse dure de l'arme sous son manteau. Il s'était vu taper des rapports, avait entendu les sirènes hurlantes des gyrophares l'emporter. Ainsi, dès qu'il avait atteint l'âge, il s'était engagé. Après une licence de droit, il avait poussé la porte du bureau de recrutement, avait passé les concours, avait excellé et choisi, mû par l'intuition, de rentrer à Auch pour servir son pays. À défaut du pays, comme tant d'autres, il avait servi la Confiserie. Il avait servi et perdu la vie. À moins que son rôle n'ait été de compléter l'individualité de Jérémy, de le rendre son tout en recréant l'unité dont sa naissance l'avait privé.

Marc ferma les yeux, imité par son père. Leur aventure père fils et le pardon qu'ils s'étaient mutuellement accordés sans avoir à l'avouer, les rendaient puissants, invincibles. Leur force cumulée, fruit de leur détermination et de leur amour filial, eut raison de l'homme. Marc lui décocha un dernier coup de poing. La boîte crânienne rebondit sur le dallage. Le choc résonna longtemps dans le silence. Et, quand son souffle se tut, l'homme gisait dans sa mare de sang.

Jagdeep n'avait-il jamais existé ? Si la mare de sang suintant sur la pierre n'en était pas la preuve tangible, l'entrepreneur aurait douté. Douté que l'être répugnant qu'il venait de cogner n'était pas qu'illusion et incarnation de ce que lui, Marc Delvingt, avait de plus sombre en lui.

Quand l'âme de Jagdeep Cheema se détacha de son corps, elle flotta encore un moment au-dessus de leurs têtes, les narguant de son regard.
Les corps de Pierre et de Surya retrouvèrent leur motricité. Leur capacité à parler, rire, suer, rêver. Et, dans la nef silencieuse, la voix de Madé résonna.

Marco, Marco… Tu es allé au bout de toi-même. Tu as accompli ton destin. Tu as traversé les mers et les cieux, confiant à tes rêves le soin de te guider. Tu as fait le plus joli voyage qu'il puisse être donné à un homme de parcourir. En te confiant Marie, je t'ai réconcilié avec ce que tu pensais être le pire échec de ton existence. Mais, Marie n'existe que pour ce qu'elle a représenté. Et, l'échec n'existe que chez ceux qui ne se relèvent pas. Maintenant elle peut, elle doit partir, mais tant que tu penseras à elle, elle continuera d'exister.
Nicolas aura tout fait pour te protéger. Mais nul ne peut être sauvé de son destin, c'est pourquoi Marie s'est retournée contre lui. Elle était là pour toi, pour ton père. Pour vous. Car mon enfant, le plus joli voyage d'une vie n'est pas d'enfanter, c'est d'apprendre à s'aimer. À s'aimer soi-même. À aimer ce que l'on est, à aimer ceux qui nous ont modelé, à aimer son histoire, son passé et son futur.

Croire en soi. Faire preuve de bienveillance, de tolérance vis-à-vis de ses faiblesses. Se pardonner ses erreurs. Accepter ses doutes. Combien sont ceux qui peuvent assurer y être parvenus ? Combien sont ceux qui peuvent affirmer savoir faire preuve d'exigence, de respect et d'amour de soi-même ? Malgré les pièges et les dangers, malgré tes doutes, tu as combattu la peur de la mort et du chagrin. Chacune de tes angoisses, chaque repli de ton orgueil tu les as cloués au pilori. Rares sont ceux qui parviennent à faire de leur vie un rêve et de leurs rêves une réalité. La vie n'est pas un long fleuve tranquille. Comme Ayung, notre fleuve sacré, tu as su aujourd'hui écouter ton cœur. Il t'aura fallu douze ans pour y parvenir. Douze ans, un cycle complet pour arriver à maturité.

Un cycle complet s'était écoulé. Douze années. Comme les douze mois de l'année, comme les douze apôtres, comme les douze animaux de la mythologie chinoise… Un cycle. Un éternel recommencement. La chance ultime de se trouver à nouveau à la croisée de chemins pour y faire – cette fois – le bon choix. Celui qui conduit à son chemin de vie. Son destin.

Quand la voix du vieux sage disparut, un éclair transperça les vitraux. Une étoile filante illumina la nef. L'âme sombre de Jagdeep Cheema éclata en un fourmillement d'étincelles. Comme un soir d'été, l'obscurité de la cathédrale resplendissait de mille astres lumineux. Le hideux devenait beauté.

Le corps de Surya s'affaissa. Marc s'approcha. La jeune femme releva la tête. Son regard avait changé. Elle était redevenue celle qu'il avait toujours aimée. Son âme avait été libérée.

Chapitre 12

À l'extérieur, un mégaphone hurla.

– Sortez, vous êtes cernés. Au moindre mouvement, nous donnerons ordre de tirer.

À Auch, l'élite de la police avait débarqué en grande pompe. Sur le parvis de la cathédrale, quand Marc, Pierre et Amara sortirent, les mains bien en vue au-dessus de la tête, des torches puissantes projetaient leur froideur sur les porches et sur les tours de la façade de la cathédrale. De toute part, des hommes les tenaient en joue. Boucliers de plexiglas, casques, mitraillettes au poing, ambulances, gyrophares, et dans le lointain du ciel, les pâles des hélices d'un hélicoptère vrombissant. Des hommes en noir grouillaient. Aussi loin qu'il pouvait porter son regard, l'entrepreneur ne voyait que du noir, du noir à perte de vue. La presse était là, omniprésente, des caméras, des flashs crépitant, des hommes et des femmes micro à la main. La voix caverneuse résonna à nouveau dans le mégaphone « pas de mouvement brusque et tout se passera bien. »

Dans la cohue générale, Pierre, apeuré hurla comme un condamné à mort face à son peloton d'exécution. Dans un cri désespéré, il tenta de sauter à la gorge de l'homme au mégaphone. Une détonation retentit. Le corps du patriarche s'effondra sur les pavés. L'aventure père fils s'achevait comme elle avait commencé, dans une mare de sang.

On arracha Amara des bras de son seul et unique amour, chacun d'eux fut projeté vers la solitude d'un dernier voyage. Entouré des mitraillettes des flics d'élite qui les escortaient, chacun vers le camion qui les emmènerait, Dieu seul savait où. Ils se regardèrent, intensément, profondément. Comme s'ils disaient adieu aux derniers instants de cette vie insensée.

– N'as-tu pas oublié ?
– Comment le pourrais-je ?
– Je t'aime.
– Je t'aime.

Trois mots pour la plus belle des formules magiques.

Les invectives des soldats se firent plus pressantes. Alors, avec le désespoir des amants que la vie éloigne, leurs mains se séparèrent. Amara glissa la sienne vers la poche de sa veste. Des doigts rougis, elle dessina sur le front de son amant retrouvé un svastika.

Puis, quand les capotes des véhicules où on les parqua séparément tombèrent, chacun déposa les paumes de ses mains moites sur ses yeux avant de prononcer les mots éternels.

Et, comme ce soir-là, où ils s'étaient promis de s'aimer à jamais, scellant leur promesse de la piqûre d'une aiguille sur leurs doigts, mêlant les fluides de leurs corps amoureux, leurs plus jolis rêves et les élans passionnés de leur cœur, alors que les camionnettes sombres les emmenaient vers l'inconnu, Marc Delvingt vit, entre deux barreaux de son dernier voyage, à l'horizon surgir la lune immense. Et, dans ses derniers rayons, à l'unisson, ils disparurent.

Sur le parvis de la cathédrale, la lune brillait de mille feux. Une lune pleine, ronde, chaude, claire. Une lune qui illuminait presque comme un plein jour. Une lune qui reflétait à Auch les rayons du soleil qui, au même instant, réchauffaient les plages balinaises et se levaient sur les temples himalayens. Les phares des camions et des véhicules de la police s'éteignirent. Dans le décor en noir et blanc, les contrastes s'étiraient, s'approfondissaient. Les amants s'étaient évaporés. Les visages graves des spectateurs nombreux, interloqués, choqués, s'étaient figés.

Comme un film muet, les mouvements ralentis, saccadés des derniers personnages en scène, évoluaient dans un silence opaque que seul vint combler le poste stéréo du véhicule de Nathalie Blanc. La voix de Billie Holliday résonna *What A Little Moonlight Can Do*. Jérémy Diaz, Géraldine Gimenez, Nathalie Blanc réunis déposèrent le linceul blanc sur le corps de leur jeune adjoint, le blanc presque luminescent

dans la blancheur molle de l'astre de la nuit. Le père Mangin avança au milieu de l'esplanade, se courba pour ramasser quelque chose au sol.
Il ouvrit un carnet jauni à la dernière page et lut.

Ne cherchez pas de responsables aux exactions commises. Ne cherchez pas de coupables aux mesures de rétentions que j'ai dû prendre. Laissez les faits de côté pour vous abandonner aux symboles, aux mythes et aux légendes.
D'abord, le charnier humain et le village rasé de Kalikut. Le destin funeste que je leur ai réservé n'était, en réalité, qu'une illustration par l'exemple de la destruction d'un renfort placé par mes soins pour protéger le Bien du Mal. Vous semble-t-il plus cruel de démolir un lieu saint et magique que de laisser des espèces disparaître ? Chaque jour, la planète s'étouffe, des pans entiers de la faune et de la flore s'éteignent, des millions d'hommes et de femmes meurent dans d'ignobles souffrances, de faim, de peur, de désespoir, parce que vous laissez faire. Vous laissez nos intérêts matériels et immédiats dominer la pyramide des priorités. Qu'importe mon jugement. J'ai confié à chacun d'entre vous l'énergie céleste suffisante pour comprendre, savoir, choisir quel genre de monde il souhaite transmettre. Ensuite, les cadavres et les enlèvements. Je ne vous laisse personne à condamner, à traîner devant la barre d'un tribunal. J'ai repris la vie et, momentanément, la liberté de se mouvoir ou de jouir, avec le secret dessein que vous ressentiez dans votre chair la peur de les perdre. J'ai mandaté une âme de cristal, je lui ai demandé de reprendre le chemin des Hommes. Les âmes de cristal sont ces âmes

qui par leurs actions sont parvenues au terme du cycle des réincarnations. Elles redescendent parfois parmi vous, pour vous glisser à l'oreille une intuition ou soutenir vos défunts dans leurs rôles de guides oniriques. Sur Terre, je l'ai placée sous les traits innocents d'une enfant dont les talents dépassent l'entendement. Marie connaissait le secret de Kalikut, elle savait voyager au-delà de l'espace et du temps, modifier son apparence et celle des autres et faire passer les âmes de l'autre côté. Elle protégeait le Bien et le Mal. Car l'un ne va pas sans l'autre. Ils coexistent en chacun de vous.

Or, Marc s'était éloigné de lui-même et du grand roman d'espoir et d'amour pour lequel je l'avais désigné. Je rêvais pour l'humanité d'un livre du secret de Kalikut qui, sans Marco, n'aurait jamais été écrit. Un livre qui parlait tant du Bien que du Mal. Un livre d'amour en somme. Regardez autour de vous… Les livres ne sont-ils pas les pierres précieuses de vos temples intérieurs ? Ils empêchent le Mal de régner en despote sur l'humanité. Ils lui donnent sa place et permettent au Bien de rayonner en vous, sur vous, par-delà nous-mêmes. Raviver la mémoire de Marc, en lui donnant la force de se pardonner à lui-même et de reprendre le chemin de son existence, n'était pas gagné d'avance. J'ai joué avec ses échecs et ses faiblesses pour faire jaillir ce qu'il y avait de plus beau en lui.

Rassurez-vous, il s'est déjà remis à écrire. Le grand roman auquel il œuvre intérieurement depuis le début de cette aventure rendra du merveilleux et de l'espoir au monde.

D.

Remerciements :

À ma famille et à mes proches qui m'encouragent, me soutiennent et me supportent – vraiment – quand j'écris. Quelle patience !

Aux libraires qui, même croulant sous les piles de nouveautés persistent à œuvrer pour défendre les livres et les auteurs. Que serions-nous sans vous ?

À mes amis auteurs et à toutes les histoires merveilleuses vers lesquelles vous m'avez emportée ou m'emmènerez, disparus ou pleins de vie, croisés au fil des pages jaunies ou des salons, vous êtes le sel et le sucre de ma vie.

Aux disparus qui me protègent quand j'emprunte des chemins ardus. Ce n'est que le début !

À vous lecteurs, Readers, qui me bouleversez à la simple idée que vous me lisez, me guidant par vos remarques vers de plus belles et terrifiantes pages. J'adore partager vos tables de nuit !

À Marie-France Pipereau, Commissaire principale d'Auch, qui n'a économisé ni son temps ni son énergie créative pour m'accompagner à faire de cette histoire un roman sordide et poétique.

À Muriel Dodero, de l'hôpital d'Auch, pour ses descriptions de chambres mortuaires glaciales, presque comme celles d'un légiste.

À vous tous qui contribuez - souvent sans le savoir - à faire de mon rêve, ma nouvelle réalité. Aux rencontres d'une seconde ou d'une vie, sur Terre ou dans les Cieux qui façonnez ces pages, toutes mes excuses si j'ai cannibalisé vos vies, vos larmes ou vos sourires. Merci et pardon. Guy, Nickie, Jacques, Yves, Dolit…

À ces petites filles qui nous ont rejoints pendant que j'écrivais ces pages, je suis folle de vous mes chéries… ! Maywenn, Eugénie, Théa et à ces princesses qui ne tarderont pas à découvrir la magie de la lecture : Emma, Paloma…

À vous qui m'aimez pour ce que je suis, mes défauts, mes faiblesses, vous qui aimez me lire ou m'entendre rire, je m'efforce sans cesse de m'améliorer parce que vous qui m'y aidez. Soyez patients, mon meilleur roman arrive…

À tous ceux qui m'ont blessée, vous m'enseignez la plus importante des valeurs : la tolérance. Enfin, à tous ceux que j'aime, que j'ai aimé et que j'aimerai, vous m'offrez le plus joli des voyages…

Merci.

À découvrir chez Yakabooks

Nos vacances chez les GZ

Sur le chemin des vacances, Thomas et toute sa famille s'égarent. Contre toute attente, ils se retrouvent téléportés sur une planète inconnue où vivent les Gz, un peuple étrange... Les Gz sont en guerre contre les Bleubs et demandent de l'aide à Thomas qui, sans le savoir, possède une arme redoutable.

La Belle et la Bête

Une jeune femme prénommée Belle se sacrifie afin de sauver son père, condamné à mort pour avoir cueilli une rose dans le domaine d'un terrible monstre. Contre toute attente, la Bête épargne Belle et lui permet de vivre dans son château. Elle s'aperçoit que, derrière les traits de l'animal se cache un coeur généreux.

Paris-Conakry

Une mère sculpteur aimante et loufoque, un meilleur copain aveugle qui devine tout avec son cœur, un vide à la place du père... Telle est la vie d'Hugo, jusqu'à ce qu'une jeune fille aux tresses perlées entre dans sa vie, par un jour de soleil, dans un square de Paris.

M’sieur Victor

Pré-adolescent fugueur désireux d’échapper à des responsabilités trop lourdes pour son âge, Simon échoue à la gare TGV de Valence. Là, une jeune femme lui demande de garder son bébé le temps qu’elle aille acheter des cigarettes. Mais elle ne revient. Les garçons seront recueillis par M. Victor, ancien légionnaire ...

La Morte amoureuse

Romuald raconte à un ami ecclésiastique qu'il nomme « frère » son étonnante histoire : « Ce sont des événements si étranges, que je ne puis croire qu'ils me soient arrivés », lui confie-t-il.

Le jour de son ordination, il croise le regard de la belle courtisane Clarimonde. C'est un véritable coup de foudre, mais il laisse pourtant se poursuivre la cérémonie qui le consacre prêtre, à la suite de laquelle il doit quitter le séminaire pour reprendre une cure laissée vacante. Pendant plusieurs mois, il répond aux sollicitations de ses fidèles, dit la messe et remplit pleinement sa charge. Mais une nuit, un valet vient le chercher pour donner l'extrême-onction à sa maîtresse qui se meurt. Il reconnaît la belle Clarimonde étendue, inerte. Le jeune curé ne peut résister, il dépose sur ses lèvres le baiser qui lui brûle l'âme depuis leur première et unique rencontre. Alors Clarimonde s'éveille de la mort pour lui rendre son baiser.

Yakabooks, le livre pour tous

Yakabooks est une maison d'édition engagée, dont le but est de supprimer le premier frein d'accès à la lecture en proposant des œuvres de qualité, pour tous les âges, au prix unique de 2 euros.
Yakabooks, c'est un réseau de diffusion unique : libraires, petits commerçants… mais aussi des indépendants sur les marchés, dans les entreprises, les hôpitaux… qui complètent leurs revenus en exerçant une activité gratifiante et juste. Yakabooks, c'est avant tout une formidable aventure humaine, portée par deux amoureux de la lecture et de l'écriture, et une équipe d'auteurs et d'illustrateurs incroyables.

LES FONDATEURS

Julien Leclercq : auteur de *Journal d'un salaud de patron* (éditions Fayard, 2015). Ancien libraire puis journaliste, il dirige depuis 2010 l'agence de presse Com'Presse. Entrepreneur engagé et jamais très loin du monde de l'édition, c'est en toute logique qu'il souhaitait concilier ses deux passions avec ce projet innovant.

Lucie Brasseur : auteure des *Larmes rouges du citron vert* (éditions Prisma, 2014). Serial entrepreneure, elle intervient depuis 2012 comme conseil en communication, formatrice et attachée de presse. Passionnée de littérature, ses engagements militants et entrepreneuriaux ont toujours cherché à réduire les inégalités en matière d'accès à la culture.

www.yakabooks.com

Cet ouvrage a été mis en page par Marie Deceuninck à Agen.
L'impression a été réalisée par MAURY IMPRIMEUR, rue du général Patton, 45330 MALESHERBES, en juillet 2017 pour les éditions Yakabooks.
Contact : contact@yakabooks.com
Dépôt légal juillet 2017.